天母聊齋館

賀逸娟——著

目・錄

第十二話

大樹傾倒 同門各自行

本書出現的人物、地名、店名、事件等純屬虛構，與真實無關聯，特此聲明。

【推薦序一】

天母聊齋，有情人間

小時候讀《聊齋誌異》，是天馬行空，鬼怪離奇，是遼闊的想像，忘記現實的存在。在聊齋故事拍成電影後，人物的傳奇渲染，淒美絕倫的戀曲，令人回味無窮。長大後多次再讀，才知這本書是作者寄託於狐仙鬼怪中反應當時中國的社會面貌，以反諷筆法透露出狐鬼精魅比人還要有情有義，對生命內涵及愛情恩義更有深層的體會和領悟。前人評說具教化，或許稍嫌八股，但啟發自我省思，追求純真良善，可說彌足珍貴，歷久常新。

《天母聊齋館》也令我有這樣的感覺，同是鬼怪玄奇的故事，既是作者的幻想創作，讓你神馳，也是警惕世人的故事，發人深省。例如書中提到，為長輩求延壽，本是子女的一片孝心，卻遇到泰國邪師以邪術來保持一年不死，但這不是常理的生存方式，真的好嗎？這是一種人性的反思，還有出現在淡水的大蛇，生前本是修行人，只因對佛教經典的不瞭解與深陷執著，死後終變成蛇怪。這又似是暗喻六祖壇經的「誦經久不明，與義做仇家」的現象，也是對無法放下執著的悲憫。所以這本書的有趣之處在於懂得的人會有聯想，不懂的人也可以盡情享受幻想。

我喜歡裡面講到一段念佛的方式，原本以為要字正腔圓，或是心中默念，或是出口朗誦，沒想到竟是一句「念佛要像春風吹拂」，有心凝形釋，萬化冥合的巧妙，就是這麼簡單的一句話，醍醐灌頂，道盡方法信念，心態知覺，和給予人純真良善，春風般的感受。

小說中的男主角雖然有「眼通」，偏偏越看越偏差，正因為他過度消耗而導致精準度日漸降低。這樣的描寫，是在強調眼通只是特異功能，與明心見性是全然不同。擁神通卻欠缺智慧與慈悲，無法省思精進，每多欲耗，雖有眼通終像盲人臨池危險不已。故事是幻想創作，但幻想中有善用天賦神通的正知正見隱喻，是作者的取材和文筆功力的體現。

自我創業以來，秉持父訓，辛勤耕耘，以服務助人為樂。在機緣巧合之下，有幸得以服務台商，並從東莞台協到全國台企聯，在參與兩岸交流與服務台商工作時，有幸得以結識江丙坤董事長，並與作者相識，一起為廣大的台商朋友排憂解難，也和大家一起建立了長久深厚的情誼。其間作者多次陪同江董事長前往大陸，而我也多次參與行程，包括小說中提到的珠海橫琴，正是我邀請江董前往的行程。當我讀完小說後，不禁佩服作者的觀察力，她點出了殘酷的事實：海洋世界是孩子們的樂園，我們卻沒有想過甚或關心過，它是水族眾生的終生牢獄，牠們再也回不去海洋。她一筆寫世界，寫出了苦難靈魂的困境和心聲，如果內心沒有等物同觀的慈悲心，沒有敏銳細微的洞察力，怎麼能感同身受，打動人心呢？

作者卸下公務後，用筆用心寫下動人的故事，如果把故事只放在自己的筆記本裡，那僅是一人的體會，如果把故事集結成卷，出書發表，那就會成為分享、共鳴，形成一股思索的力量。這世界能寫小說的人，處處都有，不可勝數，但從鬼狐精怪的故事中，寫出佛法寓意，啟發人心，讓懂得的人可以會心一笑，心有同感，不懂的人也有愉悅的體驗。因為故事寫的都是有情世界，等物同觀的哲理，我衷心推薦，並期待作者能有新的篇章不斷寫下去。

——郭山輝（全國臺灣同胞投資企業聯誼會榮譽總會長、台昇國際集團董事長）

【推薦序二】

故事不落俗套，字裡行間藏著佛言禪機

我讀《天母聊齋館》時，故事躍然於腦海，化作一幕幕的戲劇畫面，讓我自然聯想著鏡頭下的故事應該要怎麼拍攝。「很有畫面」是我閱讀時的感想。

這位素人作家能在疫情期間的兩個月內下筆完成，靠的不只是創作想像力，應該是平常養成的寫作習慣與觀察力。他寫的故事有特殊性，和我所見過的鬼怪仙俠不同，他寫的是虛實真假交錯的場景，不去雕琢堆砌文字，自然就有一種吸引力，讓人想一直讀下去，而故事不落俗套，與我們所知的聊齋靈異又有不同，字裡行間藏著佛言禪機。

現今韓劇當道，他們的發展優勢不僅在資金、製作團隊、主打明星牌外，還有整套的行銷策略、面向國際市場的企圖心等等，尤其在劇本題材上更是百花齊放，毫無設限。台灣的電視劇多半聚焦於本土市場，加上網路娛樂媒體的崛起與多元化，使得電視台的利潤被分食，以致在此條件下，台灣的影視創作很難在世界發光。所以台灣的戲劇應該要「向下紮根、對外走出去」。紮根，就是人才的培養，應有產業政策的支持，讓創作人有揮灑的空間；走出去，就是和世界接軌，台灣必須學習向世界發聲。

在我看來，作者是可雕琢的璞玉。兩個月的孵化能有此佳績，有無比的潛力。我會鼓勵他繼續創作下去，期待寫出可以打動全世界的好故事。

——林湘評（台北市影音節目製作商業同業公會理事長、大朝機構董事長）

【推薦序三】

引領諸位同探靈界之奧妙

靈界毫無所知，它確實存在！人過往到底去了哪裏？令人困惑。人的出世，步步通往虛無，所以要問：為何出世？人到世間，似有任務要完成，一生忙忙碌碌，只為溫飽嗎？可能不是，應有更高之目的需要努力，那是什麼？是靈性之提升嗎？亦或是更高慾望之滿足？佛說：「離一切諸相，即名諸佛。」、「一切有為法，如夢幻泡影，如露亦如電，應作如是觀。」顯然離相才能清淨，在無分別，才能無緣大慈，同體大悲，也才可以自覺而覺他。或許發覺自身之牟尼寶珠，才不虛此行，然無明之障礙重重，談何容易？不過至少有跡可循，不停地積功累德，不斷地「諸惡莫作，眾善奉行」，淡化自身之貪嗔癡，步步進逼內心深處的真正光明，期盼有一天能真正的水落而石出。

本書引領諸位有緣，同探靈界之奧妙，俐落之筆法，透過人物之鋪陳，闡述日常生活中可能遭遇之狀況，以簡單之心法：「恭敬、清淨、慈悲」，慈悲度化亡魂往生極樂的歷程，寫得輕鬆，寫得入骨，讓讀者看來，新奇有趣，智慧增長，相當值得推薦，故為此序。

——王瑩瑋（澎湖科技大學第六任校長、現任澎湖科技大學行銷與物流管理系教授）

【推薦語】

名人推薦

靈異奇幻小說，需要作者有相當豐富的人間知識及靈界知識，再運用靈活的想像力，把天上、人間、地獄連在一起，營造出戲劇性十足的的情節，而且還具有勸人為善的宗教情操，這是繁重的工作，而作者竟然在公務之餘完成這麼好看的小說，實在難能可貴。

我經營企業這麼多年，一直堅持正派經營、規規矩矩，一定要走正途，所謂人在做、天在看，這和《天母聊齋館》勸人為善的主旨是一樣的。我很樂見一本宣揚正面思想又有娛樂性的小說面世，我給予作者及本書最大的祝福。

——王任生（鄭州台商協會創會會長）

如果此時的你，覺得人生充滿壓力，不妨放下手邊工作，輕鬆閱讀此書。作者運用現代場景寫出精采的聊齋故事，從台北芝山岩到四川汶川、廣東珠海、陝西西安等地，非常具有廣度，敘事也奇幻多元。本書有許多鬼妖精怪的情節，但皆以慈悲度化圓滿，這是作者傳達的重點，也是我最認同的點。

——姜金利（清遠台商協會榮譽會長、武當山玄天上帝海峽兩岸宗教文化總會總會長）

《天母聊齋館》這本書真誠、溫暖、有趣，讓人不知不覺沉浸其中。我很榮幸能推薦此書，作者把宗教理念和聊齋故事寫的恰如其分、精彩融合。在我眼中，作者一直是位可愛的小妹，竟不知道她腦袋可以裝進這麼多豐富的故事，真的很精采。

——張冠中（徐州台商協會會長）

我認識作者非常久，她有一顆善解人意、熱心關懷的心，這樣的人寫出來的文章，就會是溫暖的、鼓舞人心的。看了故事，覺得人要多行善事，永遠要保持善良的心。

——楊順德（廣州台商協會創會會長）

我從沒見過《天母聊齋館》這樣的書：這麼有趣、這麼直白、這麼多奇妙的故事，每段故事都引人入勝，有拍案叫絕的情節，也有令我感傷落淚的傷心點。本想先讀個一兩章，沒想到一字不漏、一氣呵成讀完，深深感動。

——楊蕙菁（大連台商協會會長）

原以為《天母聊齋館》會很驚悚恐怖，讓我一直不敢翻閱。後來鼓起勇氣，才發現故事實在太有趣、太有梗了，充滿著無邊想像與啟發。因為這本書，讓我發現作者原來在公務以外，有這麼棒的寫作能力，把故事寫得如此動人，讓人讀了以後想一口氣看完。

——劉璟芳（台企聯常務副會長、南通台商協會會長）

我認識作者二十多年，看著她從少女到資深美女，從青澀到成熟，聽聞她出版《天母聊齋館》真為她高興。沒想到許多我們熟知的地方，在她筆下成為有故事、有深度的吸引點，讓我也想去澎湖、芝山岩走走。我從事教育工作，這本書寓教於樂，很值得推薦。

——謝慶源（東莞台商協會榮譽會長、台北市彰化同鄉會執行副理事長）

（以姓氏筆畫排列）

友友力挺

一部現代都會小說，精彩好看的地方就在於作者是否有能力駕馭「虛中有實，實中有虛」的小說情節，讓讀者看完之後，會以為小說裡的故事，真的發生在現實生活中，而《天母聊齋館》的作者就具備這種能力，因為當我看完這本小說的書稿後，在第一時間還真的以為作者繼承慧明師父的衣缽，在天母開了一家稱為《天母聊齋館》的「光明佛教文物店」。

另外，《天母聊齋館》這本現代靈幻小說，還探討目前尚未被科學證實的「轉世」、「通靈」、「鬼怪」、「平行時空」、「因果」……其背後的深層涵義，值得一提的是作者不會為了迎合大眾的口味，就天馬行空在小說裡面添加一些逾越「靈修者」能力的情節，因為，作者表示編撰一些悖離現實和譁眾取寵的故事，並不是當初她寫這本靈幻小說的初衷，而且，身為「靈修者」的她，始終相信在未來的我們都必須為自己過去做過的每一件事情負起「因果責任」，換言之，不論現在的你向未來借了什麼不屬於自己的東西，總有一天都是要還回去的。

——王國華／心靈勵志作家

張炎，察微見機明宿願，故能言人之所難言，行人之所難行，忍人之所不能忍，成人之所難成，恰如作者本人。

「到底有沒有鬼妖精怪？」這個疑惑存在於大多數人的心裡，《天母聊齋館》中蔡老說：「懂得敬畏鬼神，才會心存正念。」是的，能心存正念，有或沒有，就不是麼重要了。

《天母聊齋館》：「外行人湊湊熱鬧，內行人看出真功夫」本書內容天馬行空，但在現實生活中一點都不陌生，類似的事件在生活周邊都找得到。本書提供了一個不同的視野、另類的角度來看待，在這「聽騙不聽勸」的時代，讀了此書，面對生命的難處，或許會多了一種選擇；不然也可以激發出一些想像力。

我曾受大恩德於慧明師父，如書中所說的三寶佛的修行次第，濟生度亡明心性，猶言在耳，是我餘生的榜樣。細讀此書，滿滿的感動，強力推薦！值得細細品味！

——吳明昌／南投中醫師

作者是我很尊敬的一位同修，我們認識數十年了，她是我介紹認識師父而後拜師的。她一直很認真修行、老實做功課，常常得到師父的讚揚，師父的影音書籍，很多都是出自她的手整理出來的。由於工作上的關係，她常往來台海兩岸，因此有很多機會行慈悲度化，印證師父的功法及教導。小說中的張炎，彷彿就是她的寫照，從懵懂不知到兼具慈悲心、勇猛心傾聽眾生的苦，累積許多故事案例。今日以小說的方式呈獻給大家，很高興有人傳承師父法脈、弘揚師父的修行理念。

——姜佩君／國立澎湖科技大學通識中心副教授

故事之所以引人入勝，不一定在辭藻優美，而是在內容，是否能讓讀者有所共鳴。《天母聊齋館》是一部可以用簡單輕鬆的心情來賞析的作品。甩開光怪陸離的想法，讓自己沈浸在一個玄幻的世界裡，藉此會發現很多事情，眼睛所見的，不一定是最全面的，唯有用心，才能體會到很多事情的本質唷。給生活忙碌的您，來點不一樣的觀點刺激吧！

——陳芯媚／澎湖正安藥房負責人

人生如戲、戲夢人生，也說心如工畫師、能畫諸世間。更說眼見不足為憑，眼不見又如何定輸贏？

與作者認識也有十多年，是難得的亦師亦友亦同道的同修情誼。一〇七年初，當時我還在台中，因師父辭世後，仍處於不知道要做什麼的低落心情中，所幸作者的一席話，提醒了我，讓我有了方向，就是在有生之年推廣傳承師父的松鶴延年功，幫助更多人在身心靈方面能得到受益。

後來我們就開始不斷的討論，也有了透過寫小說的方式來推動。冥冥中自有一股力量在推動著我們前進，過程中難免也會遇到不如意的情況，但總能一一的克服。

淑世之道有如蜀山行，步步難如登天，但能透過心意的堅定，踏出慈悲之行，更是難能可貴。小說中的真真假假、假假真真，不失詼諧幽默的小品、與峰迴路轉的劇情，引人動魄驚心與深思警惕，重點是在小說背後的寓意，能成為警世之鐘，時時滌盪人心，更是美事一樁，是值得一看的小說。

雖然小說中諸多情節是曾經相呼應在現實中的映射，再次拜讀後，心仍有戚戚焉，有幸能成為書中的角色原型，是莫大的榮幸，至於能做多少，盡人事，聽天命。

——莊平／澎湖太極拳老師

《地藏經》云：「南閻浮提眾生，舉心動念，無不是業，無不是罪」，《華嚴經》又云：「不起凡夫染污心，必成寂靜菩提果。」既然要起心動念，那就起善念，念念是好的念頭、光明的心念，不也是一種修行。

在二〇一九年間的兩岸交流活動中認識作者；新冠病毒影響，兩岸交流停滯，她也調整了跑道，五月間她傳來《天母聊齋館》書稿，搶先拜讀書稿後，發現作者不但把佛法融入生活，透過書中角色傳遞正能量，特別透過台大保金陳亦純董事長將作者推薦給時報文化的趙董。喜見《天母聊齋館》得出版，更期待有一天《天母聊齋館》影視版的發行。

——蔡富丞／台北市影音節目製作商業同業公會總幹事

看完了這本《天母聊齋館》後，第一次覺得小說怎麼可以那麼有趣、好玩、無厘頭，又帶點驚悚感人的故事！我彷彿進到了神奇好玩的故事中。如果可以拍成電視劇，那就更好了，因為看完我都想演戲了。（女主角我來了～）這本書大家一定要去看！

——天母熙格愛演又愛漂亮的 EMMA

（以姓氏筆畫排列）

【自序】

創造佛教文物店，讓所有的鬼怪故事從這裡出發

很多朋友看過小說後，問我到底有沒有那家佛教文物店?答案是沒有。又問店員是否存在?答案是不存在。那故事是真嗎?真假虛實交錯，創造想像空間。為何書名要用天母聊齋館?因為記錄鬼妖精怪故事的大本營就在天母我家，以我熟悉的環境作書寫，故以此為名。

我經常往返兩岸、走訪大陸各地，因此本書的出處多元，包括當事人的現身說法、蒐集自澎湖民間故事，以及親身經歷。心靈勵志作家王國華一再鼓勵我，把這些精采的故事寫出來。但原始檔案沒有潤飾，集結成冊必須改編，人物細節也需交代，否則單看各篇故事可行，集結起來過於散亂，主軸也不明確。

今年初發生新冠肺炎疫情，少了社交活動，開啟在家辦公的機緣。我便在兩個月內起草這本小說，從一千多篇紀錄中開始篩選，有些可作長篇發揮，短篇則當花絮，性質重複、有爭議的內容予以刪除，最後保留四、五十則。

我打造一個說故事的平台，創造了佛教文物店，讓所有的鬼怪故事從這裡出發。接著安排一些人物出場，賦予他們不同的個性、特質。再把慧明居士對我的修行提點，寫在字裡行間，讓小說帶一點啟發，便是這本書的雛形。有人問我，何不把場景設定在咖啡廳、武術館、茶藝館，由於我欠缺上述知識，寫了會漏洞百出，成為敗筆之處。況且從佛教文物店連結到鬼妖精怪再自然不過。此店是假，若叨擾了開在天母的佛教文物店，請多海涵。

素人創作，勾畫人物最快的方式就是在現實中找原型。小說男主角魏子健，有我好友莊平的身影，他是一位太極拳老師，創作過程中他提供許多意見和故事素材，完全任我揮灑，最後還被我寫成眼通失準。所幸他大人大量，認為小說本該有正反角色，人物個性鮮明對比，才會精彩可期。他說如果他的角色可以帶給大家一些啟發，便是利益眾生。故事虛虛實實，不須對號入座。

形塑的角色中，魏子健屬於天賦異稟、張炎是後天努力積極認真、鄭太和溫和閒散。三人各有特色，團結一起可相互輝映，分崩離析便引爆營運危機，這也是故事的收尾手法。澎湖法師長蔡老洞明練達，扮演長輩講述道理的角色。林芳菲象徵渴望成功、不斷找尋捷徑的人。以上五人就成了我的班底，由他們上場各司其職。

兩個月到底能交出什麼成果呢？如果多給我幾個月的時間，或許可以增修得更好。很多人說我對話寫得直白、不假修飾。多一點時間，可能敘事更加優美流暢，案例的處理方式也可以交代清楚。但世事並非準備充分才登場，隨著疫情減緩，社交活動逐步解封，我又開始忙碌。兩個月是上天賜給我的創作時間，我全力以赴，也把姊姊、明昌兄拖下水，幫忙校對和審稿。

出版的初衷是想把師父的教導體現出來，但要講述佛理，任一高僧大德都比我具說服力。所以轉換路線，仿效聊齋誌異的鬼怪敘事，描繪現代靈異世界，把我遭遇到、聽聞到的事情敘述出來，讀者可把此書當作是休閒讀本，姑妄聽之、姑妄信之。

此書能順利出版，得於許多貴人相助。感謝台企聯、大陸台商協會會長、影音公會理事長等人的大力支持；謝謝佛友、好友祝福，為此書美言增色。此書能對眾人有所助益，是我最大心願。

人物介紹

❖慧明居士

生於中醫世家，小時學習拳術、武術，融合太極拳、外丹功等創了「松鶴延年功」；從中醫衍生學習了五行八卦、卜算等，因有機緣讀了佛經，發現佛法的奧妙與真實不虛，潛心修行、護持宣揚佛法，後來把中醫診所交給弟弟經營，自己另開了一家「仁和佛教文物店」，並收了一些弟子包括張炎、魏子健等，創立「南仙門」。因為店裡面常處理一些卡陰、度亡事情，所以眾人又稱文物店為「天母聊齋館」，後來突然去逝，留給張炎、魏子健難解的死亡謎團。

❖張炎

奉命轉世到陽間執行超度孤魂野鬼任務的「主火鬼王」重黎，來到人間的她，過去的記憶全部被清除。

她是慧明居士的弟子之一，一開始氣感全無、感受遲鈍，但她有一顆淨信的心，成為傳承灌頂的弟子之一。

她是個銀行員，因為經常陪同主管前往大陸，所以遇到一些靈異故事。慧明居士病故後，她決定開一家「光明佛教文物店」，繼續著「天母聊齋館」的功能，她在處理鬼妖精怪和施術案件時，慢慢拼湊出慧明居士的死因，同時也連結上平行空間的自己，和鬼王的修行記憶「般若無盡藏」，才知道自己此生任務。

❖魏子健

慧明居士的首席弟子，人稱大師兄。他是「光明佛教文物店」核心人物，因練了「松鶴延年功」而開發出眼通。雖然擁有特異功能，但現實生活並不如意，經濟困頓，時有負面思想。張炎找他一起開「光明佛教文物店」後，終可一展所長，但他內心的暗黑思緒卻在點滴中發酵。

❖鄭太和

慧明老居士晚期所收的弟子，年齡稍長，個性隨和，大家都稱他「鄭伯」，是「光明佛教文物店」的行政總監。他退休前在郵局上班，做事有條有理。一開始他也想參與聊齋館的案件處理，化身成身心靈管理大師——「昊梵老師」，後因有人踢館，讓沒有真本事的他差點露了餡，從此謝絕「昊梵老師」這個頭銜。

❖蔡達剛

慧明老居士的朋友，人稱「蔡老」，是「澎湖法師長」。他的牙醫兒子怕他一個人在澎湖無人照應，要他來台北養老，初來台北無事可做，直到認識慧明老居士之後，才覺生活有趣。他閱歷豐富，所以常能以親切幽默的方式來開導客人，言語風趣，擅長講許多鬼故事。

❖林芳菲

芳療師，身心靈芳療協會的北區會長，亟欲追求成功的她，一開始從芳療館經營起，陸陸續續參加一些靈修課程，取得一隻靈獸，想以靈能方面的治療來提升芳療課程的附加價值，但四處學藝、貪多嚼不爛的她，終於出了問題。

❖**陳玉英**

佛學院老師，十年前媽媽肝硬化病危的時候，因慧明居士出手幫忙，而和慧明居士成為好友。

❖**釋智秀**

佛學院學生，她在一年級的時候，透過導師陳玉英的介紹到慧明居士的佛教文物店實習，並認識張炎和魏子健。因這段因緣，數年後與張炎共同找尋慧明居士的死因。

❖**青鬼、赤鬼**

張炎在人間的護法，相約以喜鵲為訊，給張炎提示與提醒。

序章・主火鬼王人間行

01◆忉利天宮殊勝因

佛陀在忉利天宮說法，大鐵圍山裡的無量無數鬼王跟著閻羅天子，一起來到忉利天宮講經處。

佛告訴閻羅天子：「南閻浮提世界裡的眾生，由於過去種種業力因緣，惡習甚深、固執倔強，難以勸善，難以降伏。」

會中有一位主命鬼王，恭敬地對佛講：「世尊，我負責掌管閻浮提眾生性命，我願盡己之力，利益眾生。偏偏眾生不懂因果，不知佛法，過著顛倒人生。生時不知多做善業，死時神智不清，分不清好壞真假，最容易被惡鬼邪魔拉入惡道。」

主命鬼王看著佛陀莊嚴慈悲的面容，對佛起誓：「世尊，一切眾生在臨命終時，倘若能聽到一尊佛的名號；或是能聽到大乘經典的一句話、一句偈，除了犯五無間大罪外，我誓願護佑這類眾生，讓他們立即得到解脫，不會墮入惡道。」

佛陀點頭肯定主命鬼王：「希望你永遠記得這個願力，不要退轉忘記，一定要保護他們，使他們最終都能得到解脫，永遠得到安樂。」

鬼王恭敬對佛說：「世尊，請您不要憂慮，我將窮盡畢生之力，無時無刻照護閻浮提的眾生，使他們生死都能安樂，牢記叮囑，得大利益。」

這時，佛又對地藏王菩薩說：「這位主命大鬼王，已在百千世中作大鬼王，一直保護著閻浮提眾生。此是大菩薩大慈大悲的願力，因為發願要保護眾生，才化現鬼王形像，實際上他並不在鬼道裡。地藏，再過一百七十大劫，主命鬼王將成佛，佛名無相如來，這位大鬼王的事蹟不可思議，他所度的人眾與天眾無量無數，無可計量！」

02◆主命鬼王重託付

主命鬼王看著堆積如山的生死簿，問著司命使：「應到之人，何以未到？」

司命使：「人已死，魂未到，或遭術法囚禁，或成邪魔兵馬卒役。」

主命鬼王：「唉，這些人業力現前，死前已喪失神智，斷氣之後即遭邪魔惡神勾魂拉入惡道，或遭囚禁，或成幫兇，惑亂世道。此現象已擾閻浮提之善眾，應有對治之策。」

司命使嘆口氣：「佛教山頭林立，寺廟越建越多，攀緣者眾，實修者少，解決不了眾生遇到的問題，故使魔氛猖狂，引人走偏。」

主命鬼王想了又想，看著司命使說：「弟，可否代行一趟人間，滌清世路？」

司命使翻了個白眼：「我才不要，上回害我差點回不來。要去你自己去！」

主命鬼王苦無對策，因為行道難，投胎入世間必須洗去所有記憶，包括任務內容。稍有差池，恐怕沾染五毒習氣墮入惡道，忘記返回覆命。綜觀過去以來，地獄各殿均有派往娑婆世界的使者，但能順利完成任務回來覆命的只有一半。

司命使：「有個從大祁利失王派來本殿見學的主火鬼王，名叫重黎，來去人間十餘趟，你問他的意見吧。」

主命鬼王在虛空中叫喚主火鬼王，鬼王隨即現前，其所經歷之事瞬間一一盡現於身後，見其行事風格，知其剽悍個性，果斷速決，行所當行。

主命鬼王：「重黎，近有亂象，人死魂未歸，遊蕩於人間，或成宮廟兵馬，或受困術法無法超生，可否代行人間，以盪魔氛？」

重黎：「僅有兩個請求：隨佛入世、生於中土、行於正道；常有護法，保我不入歧途。」

主命鬼王：「皆允！皆允！但此佛與娑婆世界因緣將了，你與他僅有十餘年緣分，崎路難行。且讓青鬼、赤鬼當你護法，助你一程。」

司命使：「重黎，主命鬼王可按你意思規劃你的人間路。包括男身、女身、生於何處、職業、俸祿等等。這張圖交給你，十指掐住它，即可錄下你想走的路程，自會有相應的善惡緣分出現。決定之後圖紙會消失，三天內你便往人間。」

03◆主火鬼王人間行

青鬼、赤鬼出現在主火鬼王面前，兩人對著鬼王重黎說：「主子，到人間後，你的記憶會完全消失，我們無法相見相認，但我們會在身邊看著你、幫你，直到你能突破限制、開啟『般若無盡藏』。你若做不到，終其一身都是凡夫，一樣受苦、一樣考驗煎熬，造作的惡緣惡業都要加倍承擔。」

重黎：「知道。」

青鬼：「我們看過你的命運規劃書了，你怎麼規劃得如此平凡，實在是……。」

重黎：「既隨佛入世，他都紆尊降貴了，我又豈是為了享福而往？」

赤鬼：「真對不起您，司命使自己不去，反將別殿的鬼王拉下水。」

重黎：「無妨，人身好修行，鍛鍊一下，順道圓滿一些因緣。一切就拜託你們照看，如果我得意忘形，記得狠狠敲醒我；我若灰心喪志，請鼓勵我，拉我一把，別讓我失去信心。」

青鬼：「我們以何為訊提醒你？」

重黎想了一想：「喜鵲吧！如果出現喜鵲，就表示幸運之意，就是對我的安慰與肯定，這樣就夠了。」

赤鬼：「那不好的事呢？」

重黎：「這就容易了，舉凡踩到狗屎、眼皮跳啦，各種衰事都行。就交給你們了，走了！」

第一話·仁和佛教文物店

04◆神奇的佛教文物店

台北天母東路上開著一家「仁和佛教文物店」，負責人叫做陳慧明，八十多歲。一般客人都叫他「老闆」，常來店面走動的出家師父敬稱為「慧明居士」或以「老師」稱之，門下弟子一律稱「師父」。

慧明居士生於中醫世家，小時候學習拳術、武術，之後融合太極拳、外丹功等創了「松鶴延年功」；他從中醫衍生學習五行八卦、卜算等，因有機緣讀了佛經，發現佛法的奧妙與真實不虛，潛心修行、護持宣揚佛法，後來把中醫診所交給弟弟經營，自己另開了一家「仁和佛教文物店」，並收了一些弟子包括張炎、魏子健等。

慧明居士經常勸人學佛，當從養身做起，因為身是業障身，身體狀況不佳，頭腦昏昏沉沉，難起正信正念，不易開悟覺醒。人身可貴，沒有好的身體難以信願行。所以他收弟子之時，會傳授兩項功夫：一是「松鶴延年功」，弟子必須天天勤做，使精氣神飽滿，身心健康。另一是「南極仙翁靜坐養生訣」，要弟子早晚靜坐，息心滌慮、修身養性。

由於慧明居士無門無派，皆是開悟自創而來，本無開宗立派之意，但時間久了，外人不免詢問到底是「仁和派」還是「松鶴派」？而且弟子越來越多，老居士想了想還是起個名，方便稱呼與規範。後來便以南極仙翁的長壽意涵為發想，用「南仙門」稱之。

某天，慧明居士接到佛學院班導陳玉英電話：「老師，我是玉英，這兩天有位一年級的學生叫智秀，我請她去找您啦，偏勞您啦！」

老居士笑答：「你又派功課給我啦，這是第幾次派學生來我這裡了？我幫你照顧學生，你要請我吃飯啊！」

陳玉英：「吃飯事小，我很樂意，就怕您忙到沒時間。」兩人閒話家常幾句後結束通話。

陳玉英回想，十年前媽媽肝硬化病危的時候，是老居士出手幫忙。那時候媽媽在醫院陷入昏迷，情況不樂觀，醫生說大概撐不到一個月，算算時間大概是在農曆春節大年初一前後。她來到仁和佛教文物店，想買地藏經誦唸，幫媽媽做點功德，送她最後一程。

慧明居士剛好在店裡面，問起陳玉英購買地藏經的緣由之後，表示會幫她媽媽做清淨，寬限一點時間，應可平安過個好年，如果情況不錯甚至可以延到元宵節。那時陳玉英半信半疑，以為老闆只是講些讓她高興和鼓勵的話而已。沒想到陳玉英的家人和媽媽共度最後的新年，在元宵節第二天後往生。陳玉英對此事感到神奇，並感激不已，之後陳玉英便常到老居士的仁和佛教文物店請益。

陳玉英陸續聽到許多慧明居士助人的事蹟，講得玄之又玄，彷彿是聊齋小說情節，例如某位男子身上依附一隻猴精，經常會做出猴子搔癢好動狀，到文物店後症狀才得已解除。也有兒子莫名離家，家人心急如焚，經由慧明居士處理才知遭人施術、以狐狸誘惑，清淨後果真返家，但兒子對發生之事毫無印象。還有一對孤兒寡母，兒子娶妻搬走後，母親思兒過度，經常靈魂出竅出現在兒子家中，嚇到兒媳婦。傳聞某間宮廟裡面拜的不是正神而是九尾狐狸，神桌上常見掉落的狗毛，實是狐狸毛，實在不可思議。也有因為氣溫驟降，造成大量魚群暴斃，水族眾生來求超度的。由於這裡充滿許多玄奇的故事，讓文物店的熟客都叫這裡是「天母聊齋館」。

一年後陳玉英到佛學院教書，偶有遇到愛發問的出家學生，或者聽聞出家師父做完法會後，身體有不適的狀態，她便熱心引薦前往仁和佛教文物店找慧明居士。

05◆第一代天母聊齋館

出家師父智秀走到仁和佛教文物店門口，看到三個人在門外滿頭大汗蹲馬步、也有在做體操的。走進店內，一陣檀香撲鼻，店內有七、八人圍著一位白髮老先生。

智秀：「對不起，打擾了，我是佛學院的智秀，陳玉英老師要我來這裡見習，請問慧明居士在嗎？」

只見白髮老先生走近，便向智秀師父合掌頂禮。這時智秀退後好幾步，連忙說聲：「不可以、不可以，您是長輩，別向我行禮！」

慧明居士說了：「我向你行禮，是對三寶的恭敬。你不要扭扭捏捏的，合掌回禮就好。」

智秀臉上顯出害羞、不自在的表情，不知所措地站在那。這時老居士的幾位弟子過來和她打招呼，自我介紹一番。接著由一位名叫張炎的師姊帶她了解店內的事物。

張炎是慧明居士的弟子之一，是個銀行員。她口條清晰，帶著智秀說明店內情況。張炎算是南仙門的奇葩，氣感全無、感受遲鈍，這副狀態在眾弟子當中是很少的。因為南仙門弟子多屬敏感體質，一開始都是遇到靈異事件，求助於慧明居士而成為門下弟子。但張炎並不在意自己有沒有神通或看到什麼光之類的，她覺得修行重點是在明心見性，有顆清明的心比什麼都重要。

這時剛好走進來兩位外國人，這讓智秀感到驚訝，但看外國人熟門熟路，直接翻看念珠的商品價格，用中文問著旁邊的師兄，到底是要選星月菩提念珠，還是天竺菩提念珠。

智秀隱約聽到旁邊的師兄這樣介紹：「星月菩提念珠法性入於心輪，其性為逍遙自在。天竺菩提念珠法性入於空性，可離『一切有為法』之法性。記子十顆，法性德行遍滿十方；記子六顆，入六度波羅蜜修行之微細度。」

智秀心想：「這還是第一次聽過，佛珠材質有法性分別、有不同的意義，好神奇喔！」

張炎解釋：「天母這裡本來就有很多外國人，他們來店裡購買商品也是很平常的事情。加上師父有開闊的想法，常常吸引出家師父或基督徒前來交流，經常會有跨文化的思想對談，很精采喔！」

張炎帶著智秀到店門口，觀看剛才那些做體操的人，只見他們動作很慢，有點在打太極拳的味道。

張炎說：「這套功夫叫做松鶴延年功，是慧明師父創的，他揉合太極拳、外丹功等精髓，以打通人體九大關節（頸胸腰肩肘腕跨膝踝）為目的。他老人家認為，人身雖為臭皮囊，但也須以假修真，沒有健康的身體，一切都是空談。」

智秀臉上透露出疑惑，不就是個體操而已，哪有這麼多學問？

張炎：「我知道您心裡有很多疑問，覺得這裡不過是個賣佛教文物的小店，沒有什麼玄奇；老闆是個白髮老頭，看起來平凡到不行。但您先放下既有的想法，多看就好。佛法在世間，不離世間覺，您慢慢去體會。」

張炎的聰明和善與察言觀色，一下子便看穿智秀的心思，直截了當告知，對這套功法、對這家文物店莫急著下結論。

張炎接著介紹了魏子健給智秀認識：「這位是本門的大師兄，是個武癡，他在大學時代參加了太極拳社，經學長介紹認識了慧明居士，練起松鶴延年功。他練得不錯，一下子就開竅，對師父所講的都能心領神會，但他是生活的白痴，有些方面還待加強。所以修行和工作是不能二分的，對吧？」

魏子健補上話：「真感謝你對我的介紹，真不知道是褒是貶。反讓我成了負面教材。」

張炎聽了笑出來。

智秀：「對了，剛才你們稱老居士為師父，他是什麼樣的人物？你們有什麼派別或什麼團體名稱嗎？」

魏子健回覆智秀：「師父他是中醫師，之前也開了一家中醫診所，但已經交給弟弟經營了。因為學醫的關係，師父非常重視養生，創了『松鶴延年功』，如果你有興趣，我可以教你。師父對氣感很靈敏，應該也是跟習武有關，氣的運行從任督二脈、到中脈，他都清清楚楚。這種微細的覺受，會察覺周遭無形的眾生，因為陰類都會散發著寒涼之氣，但當念佛回向後，寒氣會消除，轉為溫暖、身心舒暢、眼睛明亮，氣會走在頭頂正中央。」

張炎接著說：「師父開中醫診所時，發現很多來看病的人其實不是生病，而是卡到陰。所以才會開佛教文物店，一邊幫人解決那些光怪陸離、度化鬼妖精怪的事，也一邊傳授弟子度化眾生的方法。大家都叫這裡是『天母聊齋館』。我們以南極仙翁的法脈為傳承，簡稱為『南仙門』。您來這裡，可以叫他老師，我們拜師的則稱他為師父，以此做為區別。」

智秀又問：「沒有人教慧明居士，他就這樣無師自通嗎？」

張炎：「與其說是無師自通，不如說是師父累世的修行證量，讓他有這些體會和創新。」

魏子健：「對，就像有人天生就是數學神童、畫家、音樂家，我覺得這應該和前世的經驗有關吧，帶著這些特質轉世之後潛藏在我們基因內。」智秀點點頭，覺得頗有道理。

06◆品茗知茶性

慧明居士對著智秀說：「來喝茶吧！」她快步走過去，端了杯子，找個座位坐下。

慧明居士問話：「你有什麼問題想問的嗎？」所有人的目光都投注在智秀身上，等著她回答。

智秀有點緊張地說：「班導師陳玉英要我來這裡幫忙，請問有要我做什麼事呢？」

慧明居士：「她要你來幫忙……，那你就當茶僮好了，以後就幫忙泡茶，請鄭太和教你。」鄭太和是個五十多歲的人，頭髮斑白，一付仙風道骨樣。

慧明居士：「你先喝下這杯茶，告訴我感受。」

智秀喝下一杯之後，又再倒上一杯。心裡嘀咕著：「就是茶啊，還會有什麼感受？再喝一杯吧！」

旁邊的人看了都在偷笑，也等著她的答案。

智秀支吾了一下：「就……，沒有什麼特別感受。」

慧明居士：「那你再喝這一杯，比較這兩杯的不同。」

智秀喝上第二款茶，說著：「這茶也很好喝啊！」說完這句話，現場的人笑成一團。

「為什麼大家在笑？好喝也是一種感受啊！」

鄭太和出來打圓場，為智秀解釋這兩泡茶的差異：第一款是「午時茶」，是選在農曆五月五日的正午採收，藉天地純陽之氣做午時茶，所以喝下去陽氣上頂輪，可以去除身體穢氣。另一款茶，就是智秀說的「好喝的茶」。它是某個道場的加持茶，一罐三千元，四兩裝。茶葉本身沒有問題，但是製茶過程，動用了很大的意念，好像在做茶時，心裡一直想：「我要做出有加持力的茶、有加持力、有加持力……」這就是法我執的意念，讓你喝了頭暈。

魏子健接著補充：「還有，那個道場師父承擔太多，可能是做太多法會，或者這陣子身體情況不佳，他身上很多亡魂眾生沒有超度、還承擔了許多五毒（貪嗔癡慢疑）現象，在這樣的情況下做加持茶，就會有不圓滿的情況。」

智秀有點聽呆了，她原本以為是要去分辨茶葉品種、茶湯的味道……。第一次聽到茶葉法性、法我執相製造出來的茶葉，真是奇了，也難怪大家會笑她。原來六根的感受是重要的，身心清淨就會清清楚楚。今天對智秀來說，有太多「第一次」了。

店裡陸續進來幾位出家師父，他們都和慧明老居士有說有笑的，而且對老居士很恭敬。智秀在旁觀察，好像這裡是個「甚深微妙法」所在。一切都超出了她所認知的範圍，但她直覺這裡可以開闊她的視野，會有不同的感受。

回到住處，智秀打了個電話：「老師，謝謝您安排讓我來『天母聊齋館』學習，這裡真的很不一樣。」

陳玉英笑說：「你再待個幾天吧！祝你學習愉快囉！」

07◆灌頂傳承

青鬼和赤鬼在張炎的房內，看著她睡覺流著口水，模樣又呆又好笑。兩鬼飄站於半空中對話著。

青鬼：「看主子的學習情況，沒進展，依然遲鈍，頗為她擔心。」

赤鬼：「如果她不能在如意佛離世之前，開啟般若無盡藏，就怕此後無人指引，白來這趟了。你看我們該怎麼幫她啊？」

青鬼：「其實她也蠻認真學習的，應該會有契機的。」

赤鬼：「但還是挺笨的啊！她的五感沒有一樣行。沒眼通、沒身通。都是要等她入夢、身體放鬆後才能和她溝通。」

青鬼：「她不用五感，頭腦清楚，自可以評估判斷，反而不消耗她的靈能，也不是壞事。而且慧明居士挺欣賞她的，應該會有突破的契機。」

一天，慧明居士私下找來七位弟子。這七人平常也不熟，不知此番召集是何用意。張炎接到通知時，囑咐她悄悄來店即可，不要對外聲張。還在清晨八點，文物店還沒開張營業的時段，意在避開店內平時的人潮。七人陸續到達店裡面，慧明居士已端坐等候眾人。張炎注意到，號稱大師兄的魏子健並沒在七人之列。

慧明居士：「知道我找你們做什麼嗎？」眾人搖頭，表示不解。

他接著說：「我收了兩百多個弟子，心性不錯又願意認真練功的就你們幾個。今天讓你們過來，想幫你們做灌頂，把一些高階的功法傳給你們。」

有人開口：「師父，可是我們表現平平啊？我們不像某些人，有眼通、有感受，還經常幫人解決問題。」

慧明居士：「淨信比什麼都還要重要。金剛經不就講了，一念生淨信者，是諸眾生得如是無量福德。大智度論說，發一淨信，受人天樂，必得涅槃果。平常大家都說相信師父、尊敬師父，怎麼要大家做功課的時候就可以搬出許多理由，說太累啦、只要心地善良就好，這是淨信嗎？」

弟子們點點頭，互相看了彼此，對啊，這幾位算是有認真踏實做功課的，但因平常各自忙碌，不會刻意聚集。

慧明居士寫下幾行字，點出修行的難處與重點：

修行不難，難在不知方向，難以起信。
修行不難，難在不知方法，難以發願。
修行不難，難在不知方便，難以力行。
修行不難，難在不知次第，難以驗證。
修行不難，難在不知證量，難以住覺。

慧明居士：「我只找你們七個，為你們灌頂，並把心法傳給你們。希望你們能傳承下去。之後會另外找時間，教你們些功法。」

張炎和其他接受灌頂的六個人，暱稱為「七喜」小組。從這天起，他們一起學習慧明居士傳授的心法，互相勉勵、一起向前。只要慧明居士得空，便會約集這七個弟子，驗收他們的功課成果，再教導新的。

在當天的灌頂過程中，張炎頭頂上方出現「智慧如海」四字，其他六人則表現在不同的感受，或有看到虹光，或感覺身在蓮池花海當中，也有人感覺渾身舒暢、也有人痛哭流涕。

青鬼：「哈，太好了，終於有眉目了。主子得到灌頂了！」

赤鬼：「是啊，要不然看她那副呆樣，恐怕十年後還是進度緩慢。」

青鬼：「所以就是要自力接祂力，她本身淨信度夠，也很認真學習，有了灌頂之後，應該很快可以連結上她的『雲端硬碟』。」

赤鬼：「雲端硬碟？」

青鬼：「是啊，就是『般若無盡藏』啊！雲端，意思就是在虛空裡啊！主子就是要連到她專屬的雲端硬碟，裡面有她累世的記憶，還有修行的紀錄。」

赤鬼：「眼看老居士時間不多了，主子得快啊！」

08◆慧明居士離世

這一年，慧明居士身體開始變差，體重也不斷下降，似乎是處理了各式各樣的問題，承擔太多。張炎陸續夢見三次老居士告別式的場景，現場的白幡飄揚，眾人跪在靈前哭泣，非常真實，致使她一直有不好的預感。她開始呼籲眾弟子讓師父閉關、好好休養，別拿自己的問題來煩師父。

老居士雖減少見客次數，但遇到出家師父來訪、請教問題，他還是會接見。老居士越來越消瘦，卻沒有人知道原因。有人說是處理某位師兄家裡風水，所以給沖煞到了。也有人講到，老居士招惹到某個寺廟的高僧或某個神壇，講了他們不愛聽的話，所以被施術取命。各種傳言都有，繪聲繪影，毫無邏輯。

在大家慫恿下，請大師兄魏子健向慧明老居士問個清楚。老居士沒有說出原因，只說應該可以度過此劫，請眾人如常勤做功課，好好禮佛、老實念佛，勤練松鶴延年功，紮根再紮根，法身慧命務必顧好。

一天早上，張炎接到慧明居士家屬的簡訊：「我父親今天早上走了！」張炎當下完全無法接受這個事實，如此冰冷、痛心的訊息。她立刻撥電話給家屬，無奈又痛心地確認了師父仙逝的訊息。

慧明居士是在家裡過世的，當時身邊沒有人，家人發現時只剩下微弱呼吸，到院已沒有心跳。在排除犯罪嫌疑的情形下，家屬以老居士有心臟病痼疾，在家病故為由，開立死亡證明。

慧明居士的告別式在哀戚與不捨中進行，當天儀式結束後，家屬對外宣布：老居士塵緣已了，近日將結束仁和佛教文物店營運；此後不舉辦任何紀念活動，請弟子自我精進，以報師恩。

慧明居士的突然死亡不僅影響著文物店的存續，同時也觸發了弟子、信眾的信心危機。很多人問著，老居士是不是被人害死的？怎麼會這樣不聲不響地就走了？老居士不是很厲害嗎，曾說要活到一百歲的啊！一些弟子帶著疑惑陸陸續續離開，有的自我精進學習，有的另訪名師。

張炎和「七喜」小組處理文物店的善後，沒有師父坐鎮的文物店，就只剩下空殼，再也無法重現那樣的盛況。家屬也有自己的事業無法兼顧，因此決定關閉仁和佛教文物店。

許多弟子、信眾瘋狂搶購著店內的助道品，手珠、念珠、香爐、蠟燭等等佛具用品，連盆栽也都可以買，他們覺得那就是老居士留下的寶物，是最後的紀念。但對張炎來講，師父留下來的無形資產，才是最珍貴的，不需要去爭那些有形的物質，而是想著之後該怎麼去傳承師父的理念。對張炎來說，師父總有一天會離開的，認真的弟子早就應該具備獨立自主的能力，而不用功的弟子，就算多了十年、二十年，還是一如既往地打混。

張炎想不通的是，為什麼慧明師父會在過世前一年開始暴瘦？這段時間常有出家師父來店請益，但都是交流為多，應該不致於造成太大負擔。有聽說某位癌症病友希望得到師父加持撐過這個劫數，是不是因為業力太深，師父過度消耗呢？也曾聽說某道場分院興建不太順，請師父幫忙處理，但也沒有後續情況；雖然也發生一件插曲，一位出家師父詛咒過慧明師父，但也不至此。算算這些大小瑣事，應該都構不成對師父的重傷害。

09◆世代交替

張炎和幾位師姊處理文物店的後續，並約好房東繳回鑰匙，點清押金。張炎拉下仁和佛教文物店鐵捲門時，心中萬般不捨與懷念，問著自己：「真的結束了嗎？」這裡曾是大家喝茶聊天、聊齋八卦的地方，現在卻什麼都不是了。

師父過世後的半年，同門師兄姊約了幾次聚會，張炎聽來聽去都是誰家的小孩畢業了、誰最近出國了、誰換工作了，以及哪一家的素食餐廳做得不錯……。就是沒有人要討論師父所教導的功課。

張炎問著七喜小組的阿文：「到底有多少人還練著松鶴延年功？誰還在禮佛？誰老實地複習著功課？師父所創的『南仙門』橫空出世，然後曇花一現，隨著師父仙逝一切便結束了嗎？」

阿文回應：「師父講過，修行本來就是一條孤獨的道路。師父領進門，修行在個人，不妨就尊重每個人的想法，用自己的方式來感念師父、回報師恩。我們無法要求每個人都要練松鶴延年功，也不是每個人都覺得那是很重要的功課。你可以要求你自己，但無法勉強每個人。」

人去茶涼，也許這就是世道，這是張炎心中最沉痛的感受。然而冥冥之中似乎留有伏筆，有一天，張炎接到廠商電話，說要交貨。原來老居士生前訂了一批價值與能量非凡的水晶、天鐵、捷克隕石的念珠材料。老居士那時交代廠商，只要有漂亮的貨就幫他留下，但廠商並不知道老居士過世，打電話到仁和佛教文物店發現是空號，所以找上張炎。

張炎反覆想著：「我能否自己開一家佛教文物店呢？」、「我在銀行上班十多年了，下班能否有自己的斜槓人生？」、「可以找誰一起來經營呢？」、「如果開店，最差的結果就是慘虧收起來而已，還有什麼更可怕的結果嗎？」經過好幾天的失眠，她決定豁出去做了。

張炎找了大師兄魏子健，兩人決定共同開一家佛教文物店，繼續著老居士的經營方式，雖然充滿著不確定的因素，但寧可接受挑戰，把老居士的理念傳承下去。

第二話·光明佛教文物店登場

10◆開新店初展身手

二〇一六年十月十日，張炎正式開了一家「光明佛教文物店」，採「光明」二字是有它的背後故事。

老居士在世時，有說過「南仙門」的十二使者因緣，所謂的十二使者，講的就是十二個屬性的人：「清淨法海、慈悲智慧、日月光明」。老居士希望累世的因緣能在今生實現，以他為首，十二名弟子為護法，圓滿此生因緣，護持佛法。

魏子健的屬性是光，張炎是明，所以他們店名是這樣取的，合起來「光明」二字，就是要體用一如、自覺覺他、照亮世路。

話說這十二人有找齊嗎？當然是沒有的。因為當老居士拋出十二使者的話題時，眾多弟子相互評比計較，眾人問著「十二使者是我嗎？為什麼不是我？是我比較差嗎？」、「十二使者是他嗎？憑什麼是他？是他比較厲害嗎？」其實這根本不是好壞程度之別，而是因緣、屬性是否在這十二個之列，最後在一片吵鬧中，老居士停止了這項議題討論。

張炎在天母士東市場附近巷子找了一間房租尚可接受、原本是賣服飾的店面。它保留著展示櫥窗，裡面也有一些層架，不需要大費周章重新裝潢。一樓店面坪數約二十坪，地下室大約十五坪。這店距離之前的仁和佛教文物店，大約是十五分鐘的路程，老顧客應該還可以維持，同時藉市場的人潮，應該會有新的客群。

張炎找了兩個員工來幫忙，因為週一到週五白天，她都在銀行上班，有時還要到大陸出差，能夠出現的時間只有晚上。她先找了魏子健擔任專職店長，魏子健本來就在家裡念書準備高普考，並沒有外出找工作，加上與張炎本來就有不錯的交情，也想繼續傳承老居士的功夫和理念，毫不遲疑地加入文物店的工作行列。張炎答應他，上班時間可以彈性安排，可以在店內讀書。

另外一位員工則是鄭太和，是老居士晚期所收的弟子，年齡稍長，大約六十歲，大家都稱他「鄭伯」。他以前在郵局上班，做事有條有理，所以擔任文物店的行政總監，負責店內行政事務，記錄店裡物品的銷售數量、金額，還有日常各項開銷等等。

基本上，鄭太和和魏子健兩人在工作時間上能互相調配即可，沒有那麼硬性規定，店裏面也不打卡。如果沒有應酬、出差，張炎從內湖科學園區回到天母，應該可以趕在晚上六點前到店裡面。所以三人有時會一邊吃飯，一邊交接工作。

這裡還有一位不算員工的志工，是老居士的朋友「澎湖法師長」蔡達剛，人稱「蔡老」。

他年紀七十多歲，身體很硬朗，但他的牙醫兒子硬是要他來台北養老，因為怕他一個人在澎湖，萬一有狀況無人照應。但他來到台北整天沒有事情可做，有空就去石牌、北投的宮廟轉轉、看看，但一直沒有參與感、歸屬感，直到認識慧明老居士之後，覺得和他聊天講話比較有趣，便經常從石牌搭車來天母仁和佛教文物店。

所謂「法師長」，跟澎湖的小法文化有關。早期澎湖居民都以捕魚為業，出海前都會到宮廟祈請神明保佑。服務於宮廟並研修術法的人，成了居民和神明之間的溝通者，稱為法師。而法術能力較高、得人敬重的，就被稱為「法師長」，可說是當地信眾的心靈導師。不過，時代不一樣了，不僅「法師長」的地位受到影響，父母親會希望子女用功念書、送孩子學才藝，而不會送去宮廟學小法，所以現在宮廟要招募小法師，還得送腳踏車、平板電腦來吸引小朋友參加。

在光明佛教文物店籌備階段，店裡還一團亂的時候，蔡老看到虛空中有一座高塔矗立在新址，有許多的天龍八部、夜叉護法盤踞在高塔。他說，因為張炎的決心和勇氣，「光明佛教文物店」的成立是靈界的大事，因為「天母聊齋館」的存在，是隱身在娑婆世界的另類救贖，天龍八部護法都前來護持。這話傳出去，引來很多師兄姊的關注，並為張炎道賀，覺得她很有勇氣。

但張炎很低調，她說：「應觀法界性，一切唯心造」，因為承受了很大的開店壓力，擔心開不到三個月就倒店，所以神經緊繃，心心念念都在這家店，是念頭太重，所以在靈界也相對應地出現天母聊齋館，這是心之所造的現象，應該要平常心，不須形塑這樣的高塔。

蔡老安慰著張炎說：「別人開店還沒有這樣的盛況，龍天護法都先過來幫你撐腰，你不用壓力這麼大，這個店會順利開張的！」

11◆第二代天母聊齋館

張炎、魏子健、鄭太和三人就成為文物店的工作夥伴，他們先在朋友圈中做宣傳，利用Line、臉書行銷文物店的商品。鄭太和的攝影技術一流，擅長取景、構圖，可以把佛珠、手珠拍得清淨莊嚴，水晶則晶瑩剔透。在他的巧手攝影下，做了許多事前宣傳，開始了光明佛教文物店的營運。新上門的客人很多，但都是試水溫、購買金額都不大。

這天傍晚，一位時尚有型的辣媽牽著一位小女孩進入本店。小女孩可能是幼稚園中班或大班吧，眼神顯得不安，一直躲在媽媽的身後。

辣媽說：「有人介紹，說你們可以幫忙收驚！可以幫忙看一下嗎？」

這是本週數來第二十件了。因為天母商家聯合舉辦萬聖節活動，中西合璧、眾鬼齊聚在忠誠路上的運動公園大會師，有人扮演吸血鬼、小精靈，也有清朝殭屍風，各種鬼怪都有。現場有數百個攤位，一路可以吃吃喝喝，相互拍照、打卡，從下午到晚上百鬼出籠、群魔亂舞，整條忠誠路都擠滿妖魔鬼怪。在晚餐時段，這些臉上畫著鬼怪妝容的人進了餐廳，感覺是一群飢餓千年、等待餵食的餓死鬼。

魏子健看了一下，看到這小女孩背後跟著形似西方的鬼，穿黑色斗篷、帶鐮刀，類似死神的模樣。他合掌悄悄唸了「南無阿彌陀佛」，才十秒鐘，鬼走了。

魏子健囑咐：「沒事了，以後這類活動少參加！小孩子看到扮演的骷顱頭、吸血鬼受到驚嚇，六神無主後被真正的鬼怪入侵。」媽媽道聲謝，帶著這位小女孩走出店。之後又進來了兩位客人，也是處理類似的問題。

鄭太和看魏子健處理了十幾個案例，他提出了意見：「師兄，我知道你很厲害，但從行銷的角度來看，我認為至少撐個五分鐘吧！可以多一點儀式感，讓家屬感覺到你有很認真處理。」

魏子健皺了一下眉頭，顯現出猶豫：「我明明就可以一分鐘做完，拖上五分、十分鐘的，是浪費大家的時間。」

沒一會兒，進來一位上班族女性，她說：「我上回帶我兒子來讓您收驚過，謝謝您！我想請您幫我看一下，我家的狗……」

魏子健：「你家的狗？你家的狗也要收驚？」

他說：「不是不是，我之前養了一隻約克夏叫妞妞，很老，三個多月前心臟衰竭走了，您可以幫我看看牠怎麼樣呢？我還幫牠買靈骨塔，也有做法事。」

魏子健：「牠一直在你身邊啊，沒有走啊！」只見小狗靈魂在主人的身邊繞著，充滿著不捨與依戀。

她眼眶紅著：「我很想念牠，每天都想著牠……」

魏子健：「你應該祝福你的妞妞，別讓牠掛念著你，讓牠捨不得離開。你現在放鬆，放下對牠的思念，我來幫你處理。」

魏子健合掌，小狗的靈魂乖乖坐著，一分鐘後，轉為可愛的小女孩，站在粉紅色蓮花台飄向虛空。魏子健把處理好的情景敘述給這位女子聽，並再次叮囑要她放下，因為人的念力、念頭往往會牽絆住寵物導致往生不了。

她搖搖頭，表示不懂：「我不了解，為何處理後牠轉化為人形……，我當然很高興，但就是不懂。」

魏子健為她解釋：「簡單來說，佛教有講到六道輪迴。依照人所做的惡業、善業，死後會前往六個不同的地方。有天道、人道、畜牲道、阿修羅道、餓鬼道、地獄道。藉由念佛功德力來超度你的小狗，所以牠能離開畜生道，不再投胎畜生，得以往生西方淨土，這是最好的去處。」她點點頭，說聲謝謝後，包了個紅包後離開。

鄭太和點點頭，意思就是要這樣處理，這樣才有一種溫馨關懷的氛圍。

12◆鄭太和扮大師

鄭太和看著魏子健說：「子健，你覺得有沒有可能，把度化處理做成ＳＯＰ版本？增加一些動作、儀式感？」

魏子健：「ＳＯＰ？儀式感？為什麼要這樣做？」

鄭太和：「從消費者心理來看，從對方坐下到離開，如果椅子還沒坐熱，你就處理好了，會覺得你很敷衍。如果你多問一些問題，再開始處理，然後把超度情境敘述詳細一點，最後附上一點關懷，那消費者就會感受到本店的友善與體貼人心，不僅解決問題，還是談天抒心的好地方。」

魏子健說：「如果從商業的手法來看，你講得很對。我把收驚、度化的時間拉長，營造出過程很不易、困難重重的樣子，讓家屬感到我有使勁費力在做，他們會安心、放心。是這樣子嗎？但化簡為繁是我們的目的嗎？我可以答應你啦，不會在五分鐘內結束，以免說我過程草率。」

鄭太和覺得魏子健對於經營佛教文物店的方法，少了一點人情味。所以晚上張炎來到店內時，鄭太和再次提出對於收驚、度化的看法，提出了應該要有「儀式感」的建議。

張炎沒表示意見，她心裡清楚這兩個人的特質，一個注重人情溫度，一個重視處理效率，但這兩個特質就是沒有辦法統合在一起。鄭太和的戰鬥經驗值不足，如果要他來做超度，可能二、三十分鐘都沒法搞定，還得請魏子健幫他收尾。魏子健有處理經驗，就算不擅人情世故，講話欠點技巧，但他有獨立作業能力。

這時剛好熟人吳迪醫師來到店裡面，他聽到這個話題，笑說：「你們三人就屬鄭伯形象好，他一頭白髮又慈眉善目，像是仙風道骨的長者，只差沒發給他一支拂塵、穿上道士裝。他帶給人安心、耐心的感覺，帶給客人很大的安慰。魏子健則是太年輕，處理的速度太快，確實會讓人覺得漫不經心，會讓客人沒有安全感、踏實的感受。」

吳迪是中醫師，店開在附近。由於天母中醫診所、中藥店密度很高，為能打出自己的口碑和特色，吳迪醫師後來專營減重、糖尿病、高血壓控制等項目，因為成效也不錯，遠道而來的客人很多。之前他常請教慧明老居士有關中醫問題，成了文物店的常客。

吳迪醫師建議就讓鄭太和來擔任「收驚大師」，而且要形塑出鄭太和的仙氣、佛氣，幫他挑上幾套中國服，而且要幫他印上名片，頭銜是「身心靈管理師」，還要取個名號，有助打響文物店名號。

張炎聽了吳迪醫生的話，感覺好像有點怪怪的，問著：「那萬一鄭伯搞不定呢？」

吳迪：「收驚大師處理不來的，就讓客人先回家，你們再接手。反正把該演練的儀式都如常做完，客人感受沒有那麼靈敏，不差那一點時間，不會有事的！」

張炎：「鄭伯，你自己覺得呢？你真的要嘗試幫客人收驚，作些簡單的度化工作嗎？」

鄭太和：「我拜師多年，有時候晚上做夢遇到鬼，明明知道他們是來求超度的，但沒有勇氣面對，一直依賴師父處理。現在師父走了，沒得靠了，我想試著練習做做看。」

張炎：「所以你從來都沒有做過九品蓮花功，度化遇到的鬼怪眾生？」

鄭太和：「沒有，完全沒有。」

張炎很擔心，因為沒有實戰經驗的結果，不僅會花很多時間，甚至傷到自己。舉例來說，參加告別式之後，出席者可能會卡到其他亡魂一起跟回家，加上法師、道士施以各樣的術法、符水、法器，萬一不巧中鏢，都會造成身體不舒服。如果亡者是橫死，怨念很重，參加的人回去可能生病；出席者也有可能因為看到亡者儀容而驚嚇過度被鬼魅入侵，所以並不能像鄭太和所講的，找出一套SOP方法。

吳迪：「壓力就是精進的點，做了才知道自己哪裡該補強。我來幫鄭太和取名，就叫他『昊梵老師』，就是有浩然正氣，梵音勸世的意思。」

張炎：「我查查看，有沒有人用過這個名號……。有了，網站上有『昊梵牌』雨傘、止癢軟膏、鬆餅機、修車廠，哈哈哈哈哈……。」鄭太和額頭冒出三條線，「昊梵」明明就是挺有佛氣的，卻連接到這些商品。

澎湖法師長蔡老剛好也來到了文物店，他一直擔心店面開張沒有人氣，所以天天都來報到，很多收驚的案子也都是他介紹來的。現在他也加入「昊梵老師」這個話題。

蔡老：「你們別這樣搞，你唬得過當事人，但騙不了法界眾生。誰是有能力處理的人，鬼祟都很清楚。當乞丐的也知道該找誰討飯要錢，你們去弄什麼『昊梵老師』這事，行不通的啦，到時候鄭伯踩到地雷，你們不好收拾！」

在吳迪醫師的慫恿下，鄭太和還是覺得自己可以挑戰看看，只要在不妨礙文物店口碑的情況下，他覺得可以累積處理案例來增強自己的經驗值。所以還是幫他印上了「身心靈管理師／昊梵老師」的名片，至於魏子健則維持他既有的方式處理。

13◆佳人踢館反受挫

一天晚上，文物店進來了一位時尚女性，三十歲上下，渾身散發著令人不舒服的氣息。

她問：「你們店裡面有沒有賣靈擺？」

鄭太和：「抱歉，沒有耶。」

她又問：「有沒有賣占卜卡？冥想音樂？精油香精？」

鄭太和給了一樣的答案：「抱歉，沒有耶。」

她突然語調升高，用極度不滿意的口氣指責：「你們這個店不是新開的嗎？就沒有一點新意嗎？真是太落伍了！你們這個文物店就只是賣念珠、賣佛經，這是什麼爛店啊？」

張炎：「我家賣什麼與你無關，如果這裏沒有你要的東西，請你現在離開。」

她拿起鄭太和的名片，看著上面印有「身心靈管理師／昊梵老師」，嗤之以鼻的說：「什麼管理師啊？你們拿什麼管理身心靈？看你們這家店的擺設，普通的要命，有什麼法寶搬出來讓我看看啊！」

鄭太和：「昊梵老師就是我，我就是身心靈的管理大師。我教人『松鶴延年功』，從九大關節釋放自己的壓力，身體放鬆了，緊張的情緒就放下了，身體就健康了，正面的能量就會強大，心靈就活化；再透過念佛滋養心靈，提升心靈層次，這就是我們的做法。你如果不認同，不用在這裡大放厥詞，去找你的同路人，別影響我們做生意。」

她根本就沒在聽鄭太和的介紹，而是從名牌包裏抓出她的名片夾，感覺上她的脖子抬得很高，露著睥睨的眼光。她用食指、中指夾住她的名片，發給在場的人。

鄭太和接下她的名片，上面寫著「靈療師／林芳菲／台灣身心靈芳療協會北區會長」，感覺對方是屬於西方靈療那類的，使用精油調理人體，幫人活絡氣脈，似是不強調宗教信仰，而是靈性上的追求、自我的探尋。

魏子健看著老闆張炎，她使個眼色表示：「這人應該是來踢館的，把她請出去！」他們兩個人的默契沒話講，經常配合得很好。

魏子健：「這位小姐，本店沒有您要的東西，請您到別的地方看看！」

林芳菲說：「請叫我『林會長』，我是身心靈芳療協會的北區會長，我的會員有好幾千人。我聽人說，你們這裡很會處理靈異事情。說說看啊，你們怎麼處理？怎麼幫人解決身心靈的問題？讓我瞧瞧啊！」

這位自稱「林會長」的人，語帶挑釁，擺明了就是來踢館。她到底是太無知，還是太無聊，覺得新店剛開好欺負。但她又可以得到什麼呢？虛榮感？要人對她俯首稱臣？還是利用網路去負評、勒索新店？

張炎也不是好惹的，她平常打交道的是企業大老、政府官員，大場面見多了；這種單槍匹馬的叫陣實在笨透了，簡直就是甕中鼈，誤以為佛教文物店主必是溫婉好欺負，加上店面新開，必然以和為貴、息事寧人。

張炎笑一笑：「林會長，您這麼厲害，怎麼不處理一下你背後的那隻大怪物啊？」林芳菲的臉瞬間漲得很紅。

打從林芳菲進來的時候，她背後的怪物就顯得焦躁不安，魏子健因為有眼通，看得快，即向張炎示意。再看看她所遞的名片，明明就是做芳療的，卻稱自己是靈療師，這也升級地太過火了！因為她身上散發出來的，只有俗氣，沒有靈力。

魏子健大聲地說：「我來幫您處理吧！」

林芳菲大驚失色說：「不要動我的神獸！」

不管叫做神獸還是什麼怪物，總之牠長得像劍龍，非常大隻，身上有五彩流光的斑紋，背上有三角形的骨板，但說牠是恐龍，又感覺少了一點靈氣，還不如當成是山海經中的奇珍異獸誤闖人間。

魏子健拿起他的法器，用黑檀木所刻的易經八卦筒，唸著：「太極循環，無極出入，收！」

林芳菲不敢置信，她前來踢館的自信完全給翻轉了，瞬間敗陣下來，剛才的盛氣凌人轉為滿臉驚恐。

林芳菲在驚嚇中語氣轉軟：「我現在走人，請把神獸還給我！」

鄭太和表情得意，一掃剛才悶氣，補上一句：「幹得好！」

魏子健念了幾聲佛號，回向給神獸，這時牠背上的三角形骨板消失，化為一條白龍，在眾人頭頂上盤旋飛翔。

魏子健對她說：「如果牠願意跟你，你現在就把牠帶走。」

只見白龍好像解脫了束縛，享受疾行飛翔的快感，毫無眷戀地往遠處漸去。林芳菲悵然地離開光明佛教文物店。

就在對方離開後，鄭太和立刻收起自己的名片，急忙說：「我不要當什麼昊梵老師了，不要開玩笑了！如果不是你們在，我一定被修理得很慘！這場面我應付不來！」

結果這張「昊梵老師」的名片，放不到一個月就給主人自動下架，以防日後又收到戰帖。

THREE

第三話・度大蛇　靈界請益禮佛

14◆鄭伯練禮佛

鄭太和當不到一個月的「身心靈管理師／昊梵老師」，就被芳療師林芳菲踢館下架，不僅感到心虛，還深具危機感。

鄭太和問張炎：「老闆大人，我想開始用功了！你可以幫我嗎？」

鄭太和不喜歡過著有壓力的生活，之前在郵局上班本也單純，後來因應電子化潮流，郵局建置了內部電子公文、包裹查詢、電子支付、金融憑證網路認證、設備綁定服務等等，越來越多高科技的網路服務，帶給他很大的壓力，於是五十多歲時，便利用公司的優退制度，提早退休了。

依他的個性，連修行功課也很單純，除了念佛、靜坐外，要伸展筋骨、汗流浹背的功課，例如松鶴延年功、禮佛，他都沒有興趣做。所以他的念佛功課特別簡單，只念單一佛號，最多就念三寶佛，超出三個佛號就說記不住。明顯不想給自己太大的壓力。

張炎：「你身體要運轉啦，肢體伸展開，負能量排出去，頭腦就清楚，一切都會不一樣。你如果覺得松鶴延年功不好記，就禮佛吧！」

鄭太和：「唉，我好久沒做這功課了，動作恐怕不到位，拜託你示範給我看看，我用手機錄影下來。」

張炎就從合掌、問訊、拜佛依序示範，並告訴他動作的重點，提醒要放鬆，徐緩不急促，注意呼吸與節奏，也告訴他不要小看禮佛的動作，只要動作到位，是很好的精進功課，不僅有益身體，也是很有感應的。

關於禮佛，張炎是有很深的體會。因為慧明師父講過：「禮佛是藉諸佛菩薩的證量來消除我們的業障」。當時有人贈張炎「佛說千佛洪名寶懺」，她覺得這就是最好的懺悔禮佛功課。當時的想法是：一佛禮七拜，千佛就是七千拜，等到翻閱經典細看，哇！不是這樣，是過去、現在、未來，各有一千佛，所以正確數字是三千佛、兩萬一千拜。那時仁和佛教文物店的師兄姊、客人知道後，無不笑成一團，說張炎自找麻煩，立了一個很難達成的目標。

後來慧明老居士知道了，反而誇讚張炎做了一件很有魄力的事。老居士解釋，千佛洪名寶懺其實就是一套功法，每一尊佛的聖號都是祂的功德證量和法性，能依序禮三千佛，就是一套完整的「修行次第」，這殊勝的千佛願力、法性都會體現在張炎身上，是她賺到。張炎後來歷經了一千八百九十二天完成任務。

15◆張炎出任務

晚上，澎湖的法師長蔡老來到店裡面。張炎趕忙泡杯好茶，請蔡老坐下。

蔡老：「店裡生意好不好？我幫你介紹不少收驚的客人喔，除了是想幫你一把，也想知道你們到底能力夠不夠。」

萬聖節後，光明佛教文物店處理了一堆前來收驚的，都是法師長推介過來的。

張炎：「謝謝蔡老您幫忙，生意逐漸穩定下來，但做生意不是看一時，還要多努力，正在想如何多元經營。」

蔡老：「我知道你很辛苦，為了這個店付出很多，如果不是為了慧明老頭子，你根本不用這麼累。日頭赤炎炎，隨人顧性命！開店不容易，尤其這個魏子健又不穩，遇到感情的事情就爆掉，之前又不曉得換過多少工作。」

張炎笑了一下，幫魏子健澄清：「他現在好很多了啦。」

蔡老：「你星期天有沒有空，陪我去個地方。是某集團大老闆拜託的。事成，我們一人一半。」

蔡老日前接到一個委託案子，在淡水新市鎮有個建案，那裏原本要蓋別墅，但一直出事，過程不平安，死了兩個工人。一片望去成排的壯觀樓房，唯獨該處醜陋荒廢，那塊地用圍籬鐵鍊鎖住，不讓人進入。

張炎：「蔡老大，魏子健眼通靈光，由他陪同會比較好吧！你也知道我笨笨的，怕現場反應不過來，成了累贅。」

張炎和魏子健各有不同的特質。魏子健是以眼為媒介，可以很快地說出他看到什麼，缺點是不擅長分析畫面內容，就是單純的看到。張炎多半是靠身體感應，有時則是訊息畫面直接進入腦海，她從亡者的表情、身上的現象，可以察覺問題所在，釐清前因後果。

蔡老瞪大眼睛對張炎說：「你要對自己有信心，你師父講過，『智慧』就是大神通。我沒有說魏子健不好，但他不可愛，自以為是，愛裝酷。」

鄭伯插上話：「沒錯，他真的很冷淡，不喜歡和人打招呼。你爸爸來店裡幾次，魏子健都是打個招呼後就回座位看書。我有陪你爸聊一下，但他沒待多久便離開。」

張炎：「咦，沒聽我爸提起過啊，說來這店還是用我爸名字登記，因為公司規定不能兼差，而我幫爸爸顧店是理所當然，認定從寬。我爸想來店看看，也很自然啊！我找時間再問我老爸，了解一下他的想法。至於明天去淡水的事就定下來，我大概早上九點鐘開車去接蔡老。」

送走了蔡老，鄭太和表示明天也想跟著去淡水，他想看看蔡老和張炎聯手處理事情。

張炎：「那你剛才為什麼不跟蔡老說呢？你自己不爭取，那還是乖乖看店吧！還有，你不是說要奮發圖強練禮佛嗎？現在練得怎樣？你要是能每天提早半小時好好在店內禮佛，百日下來一定功力嚇嚇叫！」

鄭太和：「好好好，行行行，老闆大人，我就是說不過你、我怕你。我拜託你趕快回家，今晚店裡我看著就好，你超級囉嗦的。」

張炎笑說：「我怎麼會請來這種員工，對我唸東唸西的！」

鄭太和：「我是好心讓你早點回家休息，你那富貴銀行平時工作壓力大，明天還要出任務，你早些回去做功課，把自己身體維持在最好的狀態。」

張炎笑著，邊收拾著東西，乖乖聽著員工鄭太和的建議早點回家。

16◆蔡老的澎湖軼事

星期日一早，張炎往石牌載著蔡老去淡水。天氣晴朗，開在大度路上，窗戶微開一點隙縫，透著涼風挺舒暢。蔡老一路上心情不錯，說起以前在澎湖當法師長的故事。

蔡老：「我講個法師前輩的故事給你聽。」

某日清晨，有三位法師一起吃早餐，看見同村的一個美女拿著髒衣服要去井邊洗。

第一位法師：「哇，你看啊！那是某家女兒，現在長大變漂亮了。」

第二位法師：「長得美，人也勤勞，還來洗衣服。誰娶到她誰有福氣。」

第三位法師：「那還不簡單，今天晚上就叫她來陪我睡覺，不信我們來打賭。」

第三位法師拿起一個饅頭，在上面畫一道符，滿臉笑容的走到美女面前說：「一大早就來洗衣服，還沒吃早餐吧？這粒饅頭給你吃。」說完便把饅頭塞給她，轉頭就走。

美女收下之後繼續洗衣服，洗完後回家，摸到口袋中的饅頭，想起是法師給的東西，由於和他不熟也怕有問題，不敢吃，就丟給母豬吃。

到了半夜時分，第三位法師滿心歡喜，等待美女投懷送抱。然後他突然聽到很急速的撞門聲，他趕緊去開門，這時一隻母豬衝進屋內，腳還流著血，看見法師就追著他要溫存，從此每晚這隻母豬都來找他相好。

張炎笑得合不攏嘴：「這太好笑了，應該是假的吧！您講您處理過的案例啦。」

蔡老：「我再講一個沙港媽祖廟的故事給你聽。」

大約是民國八十七、八年左右的事情，澎湖沙港媽祖廟蓋好之後，有些人看到媽祖在涼亭辦公不進去正殿，或只在後殿進出。都落成七年了，怎麼會這樣呢？

那時廟裡的法師請我去看看，原來上樑的時候，當天狀況不佳，有個工人受傷，滴下來的血化成天妖，他就擋在前殿門口。

落成之後，天妖擋在門口進不去；殿內也有一隻兇猛的白額睛虎，前殿佛龕下方坐著一隻蟾蜍，他們霸著前殿不讓媽祖進去。既然晚輩法師拜託了，我就一天處理一件，花了三天處理了天妖、老虎、蟾蜍，但是媽祖還是不肯進去。

第四天，又去了媽祖廟。我先去前殿拜拜求籤，看媽祖有沒有指示，沒想到抽出來的籤，沒有一張好的。我想前殿是妖邪所在之地，肯定抽不出好的籤來。想一想就到往後殿去，因為媽祖都從那裏進出，應該環境好一點。

我就改用擲筊，直接問媽祖，是否還需要我幫忙？媽祖回答「是」。再問媽祖，是不是要唸阿彌陀佛的佛號請祂進去？「無筊」。我只好腦袋瓜搬出一堆佛經、佛號一一請示。問了好久，後來問媽祖，唸金光神咒可以嗎？「可以」。那要唸幾遍？問一百零八遍？「沒有」。七七四十九？「沒有」。五五二十五，「都無筊」。九九八十一遍可以嗎？「三個聖筊」。

我就到偏殿找張長椅坐著唸。你不知道這有多難唸，一路唸下來干擾很多，一直被打斷，有時就莫名其妙不知唸到哪裡，那一次就不算，重來一遍。唸到第三十六遍，看到姜太公帶著天兵天將出來，金吒、木吒、哪吒也都出現。他老人家騎著他的四不像，樣子很像麒麟啦，張嘴噴火，往蟾蜍所在的方向噴去，一口氣給燒了。原來光是趕走蟾蜍沒用，牠殘留的邪氣還在那裏。四不像噴火過後，三昧真火把周圍都清淨，看起來就明亮了。姜太公用祂的拂塵揮舞，帶著天兵天將行軍、布陣，還開了北斗七星陣。祂調兵遣將速度很快，又很流暢地收陣。我繼續唸我的金光神咒，到八十一遍之後告一段落。

後來法師燒香，請媽祖入廟，請是請進來了。但也不是今天迎請，明天廟就興旺了，還需要眾人的付出，廟才會興旺。

張炎點點頭：「你好厲害啊！處理不容易，廟要興盛也不容易喔，但是故事很好聽！」

蔡老臉上露出一抹得意。

17◆度化貪法大蛇

張炎開著車子，過了關渡橋進入紅樹林，雲層反而變厚了。外面飄起一點雨，張炎往登輝大道開去，更感風雨晦暗。車子抵達淡水新市鎮後，蔡老打電話給工地主任何先生，相約在某個路口。何主任他開著車，引領張炎一行到達工地大門。這時工地的大門口前飛過了幾隻喜鵲。

張炎心想：「哇，三隻喜鵲，超肥的！」

青鬼、赤鬼在旁點點頭，確認他們給主火鬼王的幸運訊號已經收到了。

何主任下車，帶他們前往工地旁邊的辦公室，總經理劉明剛和公司主管迎上，並遞上名片。

蔡老接下名片，然後向對方介紹張炎：「這位是我的助理，她是銀行的……，啊，她是光明佛教文物店的老闆。」

這時張炎也發現，平常準備的都是銀行的名片，第一次出任務，竟然沒把文物店名片帶出來。不過也沒關係，反正今天主角是蔡老，以他為主，沒有遞上名片也無所謂。

劉總：「蔡老，謝謝前來。我幾天前跟您通過話。我老闆有交代，這件事情一定要您出馬。他跟我講過，去年三峽那片工地也是您處理的，那時候問題很嚴重，但後來都順利復工了。所以我們淡水的建案，一定要請您幫忙。」

劉總提了一下狀況：「我們這個工地真的很多災多難，房子蓋了七年蓋不起來。一下子是鷹架倒塌有人受傷，或遇到颱風淹水停工。

三年前附近住戶小朋友頑皮鑽進工地玩，莫名死在那裏。附近居民圍住我們工地抗議，說我們沒有善盡管理之責，我們只好被迫停工。我們補償家屬，也請人辦法事、拜拜之後，復工三天又發生工人墜樓死亡，沒多久建商老闆的太太發生車禍過世，大家繪聲繪影都說這塊地有問題，就把這塊地封起來。

由於登輝大道蓋輕軌了，這裡房價已經開始漲，建商老闆轉賣給我們公司。但是這裡接連發生事故，包商都不願意接。所以要請法師長來幫忙！」

說完之後，由劉總、何主任帶蔡老、張炎稍微看一下工地。一堆人幫蔡老撐著傘，張炎則跟在後面勘查。說真的，這裡風雨淒迷，等天色一暗一定令人發毛。由於這塊建地有點大，約略走個五分鐘後，張炎建議蔡老就此打住，不需繞上工地一整圈，因為已經出現徵兆了。

蔡老說：「劉總、何主任，你們去忙，這裡留我和張炎就好了。」

劉總、何主任雖然好奇想陪著觀看，但蔡老要他們到工地辦公室等著，一方面不需要向他們交代處理過程，另一方面是避免沖煞到不相干的人。等他們倆人離開之後，蔡老和張炎開始討論。

張炎：「蔡老，感覺地上有古怪！」

明明是平坦的地面，但在視覺上有種怪異凸起，好像有生物在地下鑽動，耳旁有窸窸窣窣的聲音，很小聲。蔡老點點頭，要張炎先不動聲色。突然，不明的龐然大物竄出來了，不知其長度、不見首尾，牠半隱著身形，只能看到露在地面上的一部分身形。蔡老口中念念有詞，逼牠從地底鑽出來。唉呀，這個工地當然不平安，這裡是個蛇窩啊！

只見一條大蛇精從地底往上竄升，大約有十二、三層樓的高度，凶猛的停在他們前方，然後就矗立在那裏，沒有進一步的動作。奇怪，若牠有意攻擊，就不應該停下來。既然不是要致他們於死地，那牠目的是什麼呢？

張炎：「蔡老，現在要怎麼做？」

蔡老說：「牠是在試探！你看牠的蛇尾，受傷了！」

張炎閉眼，開始感測大蛇的情況：「啊，牠一定很痛啊！身上有上千支箭，像似密密麻麻的細針，還有黑符、令旗，其中蛇尾最嚴重，被狠狠地劃破鱗片，裸露出傷口。應該是工地出事後，找了各家高手前來處理，或有人拿牠來練術法，以致這蛇身上有這麼多的法器、兵器。」

蔡老：「如果交由我那班弟子來處理，必然是一刀砍下牠的頭。但我們不要這樣處理，這也是我不想找徒弟從澎湖過來的原因。打打殺殺的，所有的殺業最後都會加倍回到自己身上。砍了牠，是傷自己的福德。」

張炎明白蔡老的想法，這蛇能修練到這麼大尾，都有靈性的，應該要幫牠，不是殺了牠。

蔡老望向張炎：「你來處理。」張炎露出一副不可置信的表情。

蔡老：「當然是交給你啊，我是退休人士，身上只有一支道尺，其他法器都留在澎湖啊！」

張炎笑了一下，原來是這樣。張炎拿出自己的法器，一串手珠，老居士綁給她的。她念了心經咒心，幫大蛇收了牠身上的刀戟箭等，這蛇竟也安靜地讓張炎處理，只見牠身上的兵器、法器一一被她收下，牠的傷口逕自復原。這時，突然收進一支大斧頭，大蛇疼痛地擺動一下蛇尾，嚇到了張炎。

張炎對牠說：「蛇大仙，我正在幫您，麻煩請您變小一點，這樣我才不會被您嚇到！」

沒想到，大蛇真的變小了。

張炎轉頭問蔡老：「接著要怎麼樣？牠變小了。」

蔡老問張炎：「那你問牠，是從小蛇修練成蛇精，還是因為修行人貪法，往生後變成蛇靈？」

張炎愣了一下，還沒啟口，反倒是大蛇聽見了蔡老的話，現出牠原來樣貌，轉為男性修道人模樣，穿著道衣，蓬頭垢面。喔，張炎點點頭，瞭解了情況，原來這是修行者貪法的現象。他對經義的曲解與執著，造成現在的模樣。

既然是這樣，張炎就對他開示了金剛經的四句偈「一切有為法、如夢幻泡影、如露亦如電、應作如是觀」，轉眼他的相貌變端正莊嚴了！

接著又念上一段「一切無為法、如虛亦如空、如如心不動、萬法在其中」，男子合掌，踏上蓮花台離去。

蔡老滿意地點點頭，對著張炎說：「我就說吧，你可以的！」

雨也停了，沒有來時的陰暗，有著雨後的清新。蔡老和張炎走向工地辦公室，向劉總經理、何主任打過招呼，告訴他們有做了處理，之後應該會平安順利。何主任拿出一個大紅包給蔡老，說是大老闆交代的，並轉達感謝之意。

蔡老和張炎兩人就開車回家。蔡老在車上開始數鈔票，說要把紅包分給張炎。

張炎：「不用給我啦，我本來就沒有要靠這個賺錢。」

蔡老：「你不靠這個賺錢，你的員工是會餓肚子的。收下吧！」張炎依著蔡老的意思收下紅包，並聽著蔡老講話。

蔡老：「很懷念以前和你師父聊天、鬥嘴的日子，他老用佛經來糾正我，說我用術法、符啊不好，要我改念佛號。我就偏不要，我堂堂澎湖法師長，怎麼可以歸他管。現在他不在了，他管不到我了，我也只好找你了。你是很優秀的弟子，很自律啊！不像我的弟子……。」

蔡老的幾個弟子當中，有一個因為事情處理不圓滿，晚上喝酒的時候突然心臟痲痺就走了；有一個是與女信徒扯上桃色糾紛；另外一個是當法師的身分讓他覺得不體面，女方家人嫌棄，最後還是去科技公司上班。

張炎覺得蔡老的弟子都已經各立門戶了，不需要再為他們操心，想辦法把話題轉回到這次處理大蛇的過程。

張炎：「剛才度化的修行者，原本修得不錯，但他可能就是太執著，可能是貪心，或者是希望自己要有突破，心急然後就走偏。」

蔡老點點頭：「對，法我執太重，他死後沒有辦法往生，化為蛇靈，我看牠這麼大隻，少說也有百年之久。因為土地開發，破壞了牠的修行空間，牠就開始干擾工地，引發許多亂象。」

蔡老看著窗外，想想自己沒把徒兒徒孫教好，平常不會互相幫忙，誰對誰都不服氣。如有看到精怪妖魔更是見獵心喜，沒有半點慈悲心。這也是蔡達剛遇到慧明居士之後才開始轉變，原來不用打打殺殺、不用傷對方半根毫髮，也可以解決問題。

蔡老嘆口氣：「那些前來工地處理的道長或是法師，只知道砍砍殺殺，選擇直接和牠對槓。大蛇就只好和他們硬碰硬，這樣是兩敗俱傷啦！」

張炎：「對啊，那隻大蛇既然是修行者，應該不會想用這麼暴力的方式去攻擊，但牠似乎沒有更好的選擇。」

蔡老：「所以牠有福報，能夠遇到你。」

車子過了關渡後，車流就順暢許多，張炎把法師長送到石牌住家後，回到店內繳回今日的紅包所得。鄭太和早在店裡面等著張炎，想聽今天的精彩故事。

18◆靈界觀摩禮佛

外面飄雨，每當這種時刻，生意都不太好，業績掛零。晚上店裡面就只有張炎和鄭太和。

鄭太和閒著無聊，問著張炎：「你有沒有那種經驗，度化很多次都不走的？」

張炎：「有啊，我度化我的外婆，到第四次才順利完成。」

鄭太和：「為什麼需要這麼多次？自己家人不是很好溝通嗎？」

張炎：「是我沒去了解，外婆一直不肯走的原因。我講給你聽好了。」

十年前，張炎把超度祖先列入當年的目標與心願。度化外婆就是她的重要功課。由於外婆是糖尿病亡故，那時非常瘦，而且走的時候，留下六個孩子，張炎的母親排行老么，那時才念國小。

張炎：「我總共試了四次才順利度化。第一回合是念佛修復外婆的靈體，外婆顯得豐腴很多，這部份很圓滿，但她不肯上蓮台。第二回合，念佛回向後外婆轉成穿灰白色僧服，呈現僧人的樣貌，頭光光的，表示已轉為佛弟子。然而，再念幾聲就進行不下去了。因外婆呈現不耐煩的表情，現出兇惡相。」

鄭太和：「那要怎麼辦？改天再做？」

張炎：「對啊，就第二天再繼續奮戰。第三回合，也是念佛回向，外婆臉龐轉為白淨、透明，成為面相莊嚴的年輕比丘尼，但還是不走。」

鄭太和：「是不是有什麼事情讓她掛念？」

張炎：「對，你說的沒錯。我左思右想，推論會不會是外婆因病早逝，來不及看到兒女成長就撒手人寰，成了她生前最大的缺憾呢？所以第四回合的處理就不是用念佛，而是溝通開示。」

鄭太和：「那你怎麼對外婆說？怎麼溝通？」

張炎：「哈，我乾脆請我老媽上場，我覺得應該這樣比較快。」

張炎讓媽媽上香，稟報外婆：「阿母，我是某某，我和哥哥、姊姊都已經長大成人、成家立業，請不要為我們擔憂，快快隨諸佛菩薩去極樂世界修行。」外婆聽了張炎媽媽的話，神情柔軟了，同時跪下來合掌哭著，似乎糾結在內心的掛念已經慢慢消融，最後外婆不再掛念，她站上白色蓮花台走了。

鄭太和：「所以從這件事情來看，對於遺憾甚深、糾結在自己執念的亡者，我們要做適當的引導、開示。」

張炎點點頭，然後反問鄭太和：「鄭伯，你不是開始練禮佛嗎？你要不要做給我看看啊，反正今天也沒有客人會上門了。」

鄭太和有點猶豫，說他練了幾次，感覺做得不好，每次禮佛頭會暈。還說褲子太緊，要去買件運動褲，要不然拜下的時候臀部緊繃，又怕褲子裂開，做起來很不順。

張炎：「禮佛不會頭暈，你會頭暈就表示動作錯了，做給我看！」

鄭太和笑著回答：「是是是，兇婆子老闆！」

鄭太和做了前兩個動作給張炎看，合掌、問訊沒有問題。但在彎腰拜下時，他臀部翹太高，身體趴下傾斜的角度過大，氣都往腦袋衝；加上他翻掌動作都太快，速度沒有掌握好，頭暈又氣喘。

張炎：「你喔，不及格，去買件有彈性的運動褲啦。而且我看最好的精進方法，就是扣薪水，扣到你做正確。」

鄭太和：「可以啊，那我做正確的時候，你要幫我加薪啊，加一萬元喔！」

張炎：「好啊，誰怕誰，幫你加薪一萬元的印尼盾！哈，應該不到台幣三十元吧！」

兩人笑鬧一陣子後，張炎把鄭太和的動作拍攝下來，同時自己也再錄一次示範動作，要他回去比較一下兩人動作不同之處。錄完影後，兩人就打烊回家了。

第二天清晨，大約五點多鐘，張炎雙眼朦朧中，看到床邊有個男子趴跪而下禮佛。對方趴在地上的畫面，讓她嚇一跳。

「啊，怎麼會有人在我房間？啊，他不是人……。」

張炎回神後，注意到對方虔誠地禮佛，沒有冒犯之意。他合掌站立，外觀皮膚黝黑、穿著紅色衣褲，一頭白髮，看起來六、七十歲的老先生。

「我叫吳進，我禮佛給您看，請您看我動作是否正確。」他便開始禮佛給張炎看。

張炎根本來不及起身，便側躺看著對方的禮佛動作，然後說：「您的動作很標準，做得很好。」白髮黑皮膚的老先生微笑，消失離去。

「妙啊！」張炎躺在床上回想著剛才的情境，這還是第一次遇到，因為教鄭太和禮佛，引來靈界眾生的觀摩交流。

張炎想了想，也許就是禮拜「佛說千佛洪名寶懺」的緣故，從過去莊嚴劫、現在賢劫、未來星宿劫的各一千佛，一點一滴懺悔銷業，才有今天的她。法界眾生才會如此看重她的意見。

第四話・度嬰靈　化解警察危機

19◆佳人道歉求合作

魏子健擋下踢館後，張炎有點小擔心，搞不清楚那位「林會長」是什麼來歷，會不會有黑衣人砸店圍事。畢竟這是新開的店，能少點是非總是好的，也不願被貼上負面標籤。

沒想到幾天過去後，芳療師林芳菲一改傲慢囂張氣焰，提著大包小包的禮品、點心來到店裡，她講話口氣變溫婉了。

林芳菲：「我是來跟大家道歉，因為我的無知和魯莽，在貴店表現出不妥的行為，請大家原諒。」

回想當時她來踢館的時候，明明是衝著鄭太和，說他是「低階身心靈管理師」，但今天前來道歉，眼睛看著的卻是魏子健，完全忘了受災戶是鄭太和，應該由他來接受道歉才對。

她走向魏子健說：「對不起，我真的很失禮，我後來問人才知道，原來你們是『仁和佛教文物店』慧明居士的弟子，因為老闆過世了，所以你們自己出來開店。你們有真本事，能否請您指導我，讓我跟您學習。」

林芳菲自我介紹：「我是個芳療師，在中山北路七段巷內開了一家『心悅ＳＰＡ芳療店』，有三個員工，經營了兩年多。天母SPA店很多，真的很競爭。一堂基礎課程二千元，利潤平平，想要再開拓客源，非常的難。我後來去參加靈療課程，擁有了神獸的靈力，藉由占卜做點趨吉避凶的建議，幫貴婦做一些靈療，一堂課賣到五千元，創造出這樣的價值。」

魏子健說：「那你應該也付出不少代價。因為你不僅要承受客人身上的負能量，這神獸依附在你身上也會吸取你的精氣神。」

林芳菲說：「對，身體確實付出代價，每月生理期就像血崩般的，有幾次過於嚴重還送醫院急診。但我覺得沒有錢才是最可怕的事。現在的上班族，不也過著被壓榨的爆肝生活嗎？我能賺得比他們多，這個代價我付得起。」

魏子健說：「你話不要說太早，因為這隻怪物現在還沒被你養大，當牠越來越大，你就被吸乾榨乾，等你身體都衰敗了，牠會另找宿主，你會成為棄子，因為你毫無功能了。」

魏子健建議她開始鍛鍊身體，他可以教她「松鶴延年功」，以提升身體的自癒力、防疫力。林芳菲並不排斥學習這套功法，但她問到要學習多久的時間，魏子健要她以一年為期，心裏就打了退堂鼓。

林芳菲著急地說：「我沒有辦法等這麼久！沒有神獸幫我，就只能回到貧窮，我今天來就是希望您能幫我！告訴我怎麼樣才可以擁有神通？讓我可以幫客人處理事情呢？要不您先借我一筆錢，或者送給我一隻神獸。」

魏子健練了松鶴延年功大約半年，便開發出眼通功能，他這種算是天賦異稟的；張炎則是七、八年，她不疾不徐默默地練松鶴延年功，慢慢地掌握住身體氣感、對鬼妖精怪的感應，然後慢慢看到一些畫面。

魏子健被她這麼一說，現出一臉苦惱樣：「我哪裡會有錢啊？我離婚之後割地賠款，還有小孩要養。」氣氛頓時僵在那裡。

過了一會兒，張炎說：「那換個方式好了，我讓子健去你的店幫忙。他幫你看看客人的狀況，給他們一些建議，這樣還可以維持靈療諮詢的功能，不會影響營運。」

林芳菲點頭，同意這樣的方式。但還得看魏子健是否願意。

魏子健：「這點我是可以答應的，因為去看看別人在做什麼，也是不同的歷練和收穫。」

張炎也做了個決定，自從開店以來，文物店天天營業，但也不是天天都有客人來，乾脆訂個公休日，讓大家都有休息的時間，不要這麼累。魏子健就可以利用公休日去林芳菲的店幫忙，先幫她撐過一段時間。

20◆化解警察的生死危機

法師長蔡老晚上又來店裡面喝茶，吳迪中醫師也在，他們不知道在做什麼實驗。只見吳醫師要鄭太和在白紙上面寫字，再把字條對折不能外露，然後吳醫師要猜出鄭伯所寫的字。

張炎：「你們是在玩什麼遊戲啦？」吳迪醫師說，看了李嗣涔教授寫的書「靈界的科學」，正在做「手指識字」的特異功能練習。

張炎：「那為什麼要在我的店裡面練習呢？你練這要做什麼？」

吳迪：「你們店磁場好，同時借大家的力量幫我一下。如果我練出這個本事，就可以進入另一個修行層次，幫病人看病也可以更透徹，也可以更了解佛經。有了特異功能，也可以做很多事！」

張炎：「你的願望也太多了吧，你何不問問魏子健，有了眼通之後，他日子有沒有變好過？」

魏子健抱怨地說：「喂，你幹嘛把我拖下水？我都已經得到教訓了啦，你還要損我！」

蔡老：「吳醫師，你年紀大了，腦袋裡面裝太多複雜的東西，練不起來的啦。每一行飯都有他的辛苦，沒那麼容易，我年輕時還經過『坐禁』四十九天，還要背很多咒語，學一些科儀。有時晚上還被鬼欺負，同行也競爭，不是你們想的那樣好過！」

吳迪：「蔡老，您別小看我，等我練起來，我再收你為徒。」

這兩個人挺會鬥嘴，也讓店裡多了幾分樂趣，於是他們又繼續玩著手指識字的遊戲。

這時進來兩位警察，鄭太和問他有什麼事。其中一位說：「剛好路過，看你們店開一陣子了，之前巡邏的時候就想找時間過來。今天看你們十點多還開著，想說進來訪視一下。」

他們問：「誰是老闆？」

張炎回答：「是我」，然後指著旁邊的人說，「他們是本店的常客，是遊手好閒的無聊人士。」

被張炎這樣一說，兩位警察先生就笑出來了。鄭太和奉上茶和點心，邀請兩位警察先生和大家邊吃邊聊，並開始介紹文物店。張炎對警察極為尊重，因為天母的治安真的很好，就是因有這些默默付出的員警照顧著。

這時蔡老皺一下眉頭，對著當中比較年輕的一位說：「你不要太衝喔！最近要注意喔，要注意左臉有疤痕的人喔！」

魏子健看到年輕警察的背後有三個嬰靈出現，他們蒼白著臉，緊貼在他身後。

那位資深警察立刻會意過來，他們日常巡邏工作雖稱不上是出生入死，但遇到突發狀況、緊急事件，就要瞬間繃緊神經、上緊發條，稍不注意還是會有生命危險。這位資深老警察，應該是場面見多，更能體會生死瞬間。所以法師長一句「最近要注意喔！」必然事出有因，沒有人會無聊到隨便亂說。兩位警察說聲謝謝，把杯中的茶水喝完後，兩個人就離去。

鄭太和問：「蔡老提醒對方要注意，這樣算不算干擾因果？」

蔡老：「我又沒說破因果，只是要他小心。」

張炎：「我們店處理任何事情，都是以『圓滿因緣』為出發點，化干戈為玉帛，幫忙解離冤怨。蔡老善意提醒，就是避免發生憾事，繼續糾纏、冤冤相報。」

一個多星期後，傍晚五點多，那位資深警察阿元和另一個警察來店裡，一進門就直說：「太神奇了！蔡爺爺救了我同事阿忠。」他說沒想到，還真的有事情發生，阿忠目前人在醫院，但還好沒有大礙。

鄭太和笑了笑說：「那天的老爺爺，是鼎鼎有名的澎湖法師長蔡老，他都是晚上才會出現，白天在附近的宮廟逛逛走走。」

阿元接著說，今天下午的時候，一位形跡可疑的男子在夾娃娃機前面亂踢又亂吼。我們上前盤查，沒想到那個人轉身過來，竟然就是蔡老講的，左臉有個疤。

對方心虛作勢逃跑，但阿忠直截反應就是追上去，追個幾步之後，腦袋出現「不要衝」、「要注意」的念頭。後來看到嫌犯把手伸向腰際，基於辦案經驗，研判對方是持槍拒捕，所以有放慢幾秒的感覺。就這幾秒的停頓時間，他往旁邊一閃避開子彈。

鄭伯問：「那為什麼還是受傷？住院嗎？」

阿元：「是人在醫院，沒有住院啦！歹徒繼續跑，警察基於職責所在，當然往前追啊！我趕快呼叫警力支援。」

阿忠搶下槍枝後，對方又拿出刀來，阿忠因為和歹徒扭打，兩人手腳都有劃傷。歹徒大聲說自己有愛滋病，威脅警察不要靠近。幸好同時段巡邏的員警趕過來支援，把歹徒壓制在地。

阿忠目前人在醫院，因為傷口要處理，還要加做愛滋病檢查。他表妹是那裡的護士，希望表哥多留一會兒。阿忠要阿元先過來光明佛教文物店，覺得這事情要先謝過老爺爺。

阿忠在醫院反覆講著，幸好那時候有慢上幾秒，想到「要注意、不要衝」，然後就注意到歹徒要拿槍，幸運躲過子彈。要不然一鼓作氣撲向歹徒，可能就中槍了。

阿元：「你們這個店很特別，都是有特殊能力的人，所以才會預知這麼準。真的很謝謝你們！」

鄭太和笑了笑說：「我會幫你跟法師長說的。還有，阿忠的事情還沒了，他可能還有一些私人的事情要解決喔。」

阿元：「好的好的，那我明天晚上帶阿忠過來。」

21◆耗用眼通的出家師父

第二天晚上，蔡老已經在店裡，因為警察阿元、阿忠說會過來。張炎則和智秀聊天，事關一位行為異樣的出家師父對慧明居士的詛咒。

心朗法師是位很有爭議的比丘尼。年輕時患有精神疾病，因為一直無法適應學校生活，常處於抑鬱狀態，也常遭同學欺負，之後便被家人送到寺廟出家。由於心朗法師有時會看到奇怪影像，她家人頗為擔心，先帶她去看眼科，但醫生說沒有問題，後來懷疑是不是長了腦瘤，做了檢查也是正常。有人推薦來仁和佛教文物店找慧明居士，所以由心敬法師陪同來到文物店。

慧明居士看了心朗法師，問了一些問題後，笑說：「那是眼通初發現象，看到一些鬼妖精怪，還有一些殘影，沒什麼好大驚小怪！」

話說老居士的弟子們，有一半都能看到這些靈異現象，所以心朗法師的症狀根本不算什麼。但是老居士提醒，不要濫用眼通，以免耗神，務必要勤做功課，老實念佛，謹守分際，以免外靈入侵，變成「依他通」的現象。

不過心朗法師卻不當回事，經常運用眼通提供意見給文物店客人，從婚姻問題、工作事業、前世今生的因緣等等都可以講。短短半年多的時間，心朗法師從怯生生、沒有自信的模樣，轉為信心滿滿、趾高氣昂。老居士禁止她再使用眼通，因為已經走偏了。問題是心朗法師喜歡這份感覺，那是她自信的來源，以致戒不掉。

不過，心朗法師離開天母聊齋館的最後原因，是她運用眼通觀到某位熟客是她前世丈夫，因此想還俗和他一起創業。偏偏對方是有婦之夫，也無此意，但心朗法師似乎陷入了自己的幻境、魔相，一再說「彼此是相互愛慕的」。

眼看心朗法師行為脫序，老居士只好請她離開文物店。由於心朗法師認為老居士是她感情破壞者，便威脅、詛咒老居士和弟子、信眾們都死光光，引起大家不安和恐慌。後來有人便把心朗法師的詛咒與慧明居士的死因扯上關係。

智秀：「你覺得慧明老師真的是被心朗法師詛咒死的嗎？」

張炎：「應該不是吧，她眼通唬得了一些人，但平時不念佛、不禮佛，又一直在虛耗，有什麼功夫詛咒得了師父？」

智秀：「可是有些人只要聽到心朗法師的名，就驚恐不已，覺得詛咒上身，有時候遇到倒楣事情就說是詛咒生效。多數人認為慧明老師是被她害死。」

張炎：「她哪裡厲害？從一開始聽她講話顛顛倒倒，我就覺得她有問題。但是大家就是喜歡找她，問一些前世今生。後來連客人身上有沒有癌細胞都透過她的眼通來做掃描。」

智秀：「修行怎麼讓人變愚昧了？」

張炎：「是不想對自己負責吧，找諸佛菩薩、找耶穌、阿拉真主問答案比較快。」

智秀：「所以老師的死因，到現在還沒有頭緒？」

張炎：「沒有，毫無線索啊！但我確定，師父不可能被這種人給害死的。三腳貓功夫！」

張炎換上新的一泡茶，為智秀倒上，兩人細啜著茶，聞著茶香，感受茶氣茶韻，這樣的情境彷彿回到五年前，智秀第一次到仁和佛教文物店的喝茶體驗。

張炎問著：「喝下這杯茶，告訴我感受。」

智秀：「好喝啊！」說完，她眼眶紅了。

22◆度化嬰靈

警察阿元、阿忠來到佛教文物店，智秀起身離開。哀戚的氣氛轉為熱鬧滾滾，他們兩人還帶著一些水果、甜點過來。

阿忠：「蔡老，謝謝您耶，如果不是你的提醒，我可能就受傷，說不定就變成阿飄了！」

蔡老：「什麼阿飄！年輕人亂講話。」

阿元：「剛剛本來要拿豬腳麵線到店裡請大家一起吃，才想到那是葷食，不可以帶到店內，真是糊塗了，也是太高興了，一下子搞不清楚。」

蔡老：「大家平安最重要，上次會提醒你，是希望能減少悲劇，不要發生遺憾的事情。我是想說，你命中的劫數可以用其他方式來彌補、轉化，那就會比較好。如果你真的掛了，你的冤親債主也好、背後的嬰靈也一樣，除了出一口怨氣之外，什麼也得不到。」

阿忠：「冤親債主？嬰靈？」

蔡老：「冤親債主可能是前世跟來的，但這嬰靈就是你這輩子造的業。」

阿忠：「為什麼有嬰靈？那不是女生的責任嗎？」

張炎立即糾正：「誰說嬰靈只找媽媽？沒這種說法啊，這是男女雙方責任啊。」

阿忠靜默了一會兒，不知如何啟口，欲言又止。

阿元：「唉呦，我幫你講啦，阿忠他是獨子，他媽什麼事都管，包括交女朋友也是，交了幾個女朋友，媽媽都反對，所以到現在他還討不到老婆。」

阿忠終於開口：「對，是這樣沒錯。我媽希望我能找公務人員的女朋友，說這樣生活比較安定。但這不是我想找就找得到，前前後後有認識當導遊的、開早餐店的女友，那時候有不小心懷孕，但還沒經過我媽媽那一關，我就直接要女友拿掉孩子，因為我還不想那麼早結婚。

後來我認識了一位西餐廳駐唱的歌手，我跟她在一起很快樂，但我媽媽根本不能接受。我們分分合合好多次，後來她懷孕了，本以為我媽媽終於會接受。沒想到她不同意我們結婚，也不准生下來，最後這場家庭革命沒有成功，媽媽還是贏了，女友恨我懦弱，拿掉孩子後，我們就全斷了。」

阿元：「你很笨耶，你們兩個自己搬出去住，把孩子生下來就好啊，等經過一段時間，媽媽看到可愛的孫子都會心軟的啊。」

阿忠問：「這些嬰靈他們想要什麼？」

張炎：「無法投胎，希望能上天堂，還有你的道歉，因為他們說是你的緣故，不准被生下。」

阿忠：「明明是我媽媽的意思……」

蔡老拍拍阿忠的肩膀：「男子漢，有擔當一點，不要怪媽媽！你如果堅持把孩子生下來，你媽媽會宰了你嗎？你是獨子，她這輩子都要靠你，她還怕你遺棄她啊！」

阿忠帶著悲傷和自責的表情，當下合掌誠心向孩子們道歉，拜託張炎處理。張炎念了佛號回向給三位嬰孩，他們慢慢轉化變大，當中兩個看起來大概八、九歲的模樣，另外一個比較小，看起來是五、六歲，他們開心地跑往雲端。

張炎：「你們這些小屁孩，怎麼連個謝謝也沒表示。」

旋即三個孩子又跑回來，一個合掌，笑得嘴巴合不攏，天真無邪。

張炎：「去去去，上去就好。」

阿忠向張炎說聲謝謝，然後和阿元一起離開。

23◆濫用眼通誤解前世緣

晚上閒暇，沒有客人，張炎正在聽慧明老居士的講課錄音檔案，並且用電腦把重點打字整理出來。鄭太和則是泡了茶，放鬆放空的坐在椅子上打盹。突然林芳菲出現在店裡，她自己一個人來。

林芳菲：「姊姊，我要私下跟你說話。」

張炎示意到地下室去，那裏的空間不大，平常存放物品之外，還有一張床，是鄭太和午睡的地方。

林芳菲：「我想知道魏子健的事情。他來我店裡面幫忙，有時候會聊到他自己的事情。我聽他講，他的婚姻吵吵鬧鬧拖磨了十年，我想知道緣由。」

張炎：「你想知道，表示你喜歡他。」

林芳菲：「還沒發展到那種男女朋友關係，但先弄清楚，如果不適合就維持一般朋友、工作上的夥伴關係。」

張炎：「他的婚姻都是眼通惹的禍，簡單講給你聽吧！」

魏子健在大學時代因為喜歡練太極拳，經過社團學長介紹，認識了師父，跟著學松鶴延年功，他屬於上根利器型的，經過半年就有眼通，因為覺得好玩、有趣，就開始亂看，但多次被老居士告誡。到了大學四年級時，魏子健認識了前妻王婷瑜，她是系上的學妹，他們很快地成為「系對」，得到大家滿滿的關注與祝福。

由於魏子健和學妹婷瑜相處時，有一種似曾相識的感覺，好像真的是緣定三生、今生注定。所以魏子健就偷偷用眼通觀看，這一看就步入陷阱了。

他看到自己在百年前是位講經的法師，婷瑜是比丘尼。婷瑜對法師心生仰慕而動了念。原本這也只是單方面的相思愛慕，偏偏在一次課堂中，法師的目光和比丘尼對上，雙方就有了情愫。因為動了情，就成了彼此的牽絆。比丘尼雖知兩人身分不可踰越，但又越陷越深，發生關係懷孕後，婷瑜想還俗，但是又無處可去，在眾人指責下她投湖自殺，魏子健被逐出寺院。

魏子健當時觀到了這樣的自殺憾事，心中覺得有愧，同時內心深受感動，過去世裡有個女子如此愛他，為了他而自殺，所以今生他必須對她負責，一定要娶婷瑜。

慧明居士告誡他，不要用眼通去觀前世因緣，因為看到的往往只是一部分，而且絕大部分是依著我們內心去投射出來的。即便看到的過去影像是真，如果欠缺智慧去面對，做出錯誤的應對，可能會成為災難。

魏子健因為覺得虧欠，認為這輩子非娶婷瑜不可，這就是他認定的彌補方式。沒多久婷瑜懷孕了，事情也鬧大了，因為女方家長原本要送婷瑜出國深造，現在兩人書都念不下去，女的去生小孩，子健有一科考試遲遲沒過，最後兩個人大學都沒畢業，這也影響到子健後來的就業。

林芳菲：「這真的很慘，原來『眼通』也會看走眼！」

十年的婚姻，就是讓魏子健一直處在緊繃又不快樂的情緒，婷瑜出現憂鬱症狀，個性變得易怒、心煩氣躁，對孩子沒有耐性，同時過著日夜顛倒的生活。記憶中兩人都在吵吵鬧鬧中度過，他所做的努力總換不來太太的肯定，老嫌他賺得少。有幾次魏子健暴怒到想拿刀殺了婷瑜。

張炎：「我擔心打打鬧鬧最後上社會新聞，借他十六萬要他趕快離家，分居幾年後，最後還是離婚收場。」

林芳菲：「那老居士有那麼多優秀的女弟子，難道子健就沒有看上眼的嗎？」

張炎：「當然有啊，師父門下也有漂亮聰慧的女弟子。兩人一開始也是情投意合，但幾次後他就疏遠了。我問為什麼？他說沒有胃口。」

林芳菲：「什麼叫做沒有胃口？」

張炎：「因為他改不了老毛病，習慣用眼通觀看前世因緣。他就發現這位美麗的師姊上輩子是個光頭、彪形大漢的比丘，形象反差太大。他根本不想跟光頭、壯碩的人牽手、接吻，心裡有障礙。」

林芳菲笑出來，然後做出結論：「他一直被他的眼通困住，無法客觀去評估兩人在一起是否幸福。」

張炎：「確實是這樣。」

林芳菲問起：「婷瑜前世是比丘尼，因為懷孕而選擇自殺，那該怪她嗎？有些宗教說過，自殺的人不能上天堂；也說自殺的人是有罪的，要下地獄，不值得救贖，因為他們不珍惜生命。到底該不該救度呢？」

張炎：「當然度啊！地藏王菩薩都發願入地獄救度眾生，『度一切眾生』才是佛法的精神。而且師父說過，有些自殺的人是因為業障現前，被障住之後，喪失他的清淨本性，以致走上自殺這條路。所以不是他們故意要自殺，而是神識不清楚了，做了錯誤的決定。這樣的靈魂很可憐，需要救度。」

林芳菲點點頭：「我懂了。張炎姊姊，你一定要幫我喔。如果魏子健對我有什麼想法、心意，你要先讓我知道喔！」

第五話·

求延壽 術法害人

24◆婆多贊的延命術

星期六的下午，店裡出現一位中壯年男子，他張望著店內的擺設，但似乎店裡面沒有他想買的物品。

男子問起：「請問這裡是天母聊齋館嗎？我聽說這裡可以幫人處理一些特殊事情。您們可以幫忙嗎？」

魏子健點點頭，起身請他入座，聽對方講述。中年男子先自我介紹，他叫李蔚藍，他兒子今年二十七歲，有個交往多年的女友，兩人將一起出國念書，所以趕辦喜事。但是家中有個久病臥床的爺爺叫李寶叔，今年八十多歲了，因為中風多次，加上年老身體功能退化了，猶如風中殘燭，幾次送到醫院急救插管。家屬希望老爺爺能夠撐過去，直到孫子完成結婚。

李蔚藍接著說，他弟弟李正藍跟著一位叫婆多贊的泰國高僧修行，他說可以幫父親延長壽命，所以家裡的人就拜託弟弟前往泰國，請婆多贊幫李爺爺爭取一些時間，好讓家裡順利辦喜事。

據說婆多贊是泰國有名高僧，要請他出面，就要依照信徒的建議，請購婆多贊的照片、手珠、護身牌等等。所以李家前前後後共花了七、八十萬，請婆多贊加持，保證李爺爺延壽一年，好讓家人可以安心辦喜事。

等家裡風風光光順利幫李蔚藍的兒子完成婚姻大事後，問題也來了。喜事辦完了，但老爺爺被「保固一年」走不了，因為婆多贊的加持，恩賜給他額外的生命。眼看著老父親不斷承受痛苦，身體器官都壞了，勉強插管留著一口氣，瘦到皮包骨，有時肺部積水造成呼吸困難，只好插引流管抽肺部積水，反反覆覆，折磨著家人的內心。弟弟李正藍則認為，老爺爺的生命是靠婆多贊的加持延續下來，就不應該忤逆這份恩澤，而是好好地度過「保固一年」。

李蔚藍明白命有終時的道理，這種以術法求來的生命，違反上天的自然法則，保固一年只是讓父親活著受罪。他不想跟弟弟爭執，而是想私下找人破解婆多贊的術法。他找過其他寺廟、宮廟、修密高人，偏偏都沒有辦法解決。後來遇到一位熟人，告訴他要來「天母聊齋館」。

魏子健告訴他，給一星期的時間處理看看。男子點點頭，回去等消息。

25◆保固一年的代價

晚上的時候，魏子健找張炎商量處理的方式，林芳菲也在旁邊看著。

魏子健：「之前本門同修也被這個泰國高僧干擾過。好像有三位師姊經人推薦慕名前往，說得到高僧加持可以身體健康、事業興旺。那高僧會對著滿桌供養的菜飯邊念咒還邊噴出口水，據說是加持。」

林芳菲：「好噁心耶！光這個做法就覺得很不衛生，怎麼有人敢吃？」

張炎笑說：「所以人很好騙吧！因為有所求，往往就會失去原有的判斷力。」

魏子健：「李爺爺的症狀，其實就是靈魂靠法術支撐所以不死，這是案件的核心。但是李爺爺身上也有一些情況要處理：一、外層的符籙：就是一些親朋好友從各方宮廟求來的符，互相牽制干擾。二、度化李爺爺的冤親債主。第三，解除婆多贊的法術。」

這個案子雖是魏子健接的，但遇到這種大陣仗，魏子健會請張炎支援，請她開陣。這是老居士傳授給張炎的「十方陣」，以此為基，再借用水晶或天珠等助道品的能量，配合五行八卦和空間定位產生一個能量磁場，並與經典相契，以對治不同的處理現象。此次擺設為「十方化無所化陣」可以清淨身心靈、度化眾生。十方即是八方之空間相，再加上過去、未來之時間相；化無所化是金剛經第二十五分，離我人眾生壽者相，自性自度，無有眾生如來度者。

張炎回想第一次開陣，老居士一看就搖頭：「你自己感受看看，這個陣開出來的氣場，晃動個不停，你到底是有多緊張啊？」

老居士說，開陣的時候，心要清淨之外，重點是要有無畏心。如果你怕出錯、怕做不好，擔心這個、擔心那個，那就不要開陣，因為你還沒有準備好。開陣的重點是你能不能做到離相清淨？你的慈悲心、無畏心能夠做到多少？你能做到，諸佛菩薩、龍天護法都會來幫你。後來張炎練習了上百次，熟記順序後也就不怕了。

這次用天珠鋪排的陣，採先天伏羲卦為序，乾坤左氣右形、一降一升開始運轉。張炎先清淨了店內空間，之後還要再分段提升陣的能量。

魏子健先解除李爺爺身上從各地請來的護身符、平安符的法性現象，回歸清淨，第一道工程處理順利。這些大大小小的符對健康、沒生病的人來說影響不大，但對老先生來講可是一層又一層的束縛。

張炎接手第二道工程，念三寶佛聖號，以濟生、度亡、明心性的法性來運轉此陣，有助化解冤親債主。這時候圍繞在老爺爺身旁的亡魂得到度化、陰氣退散，身心都可感舒暢溫暖。

第三道工程，除了把婆多贊的法術解開外，還要做到不留痕跡、不被察覺。因為一旦施法者知道自己的法術被破解，往往會反擊，雙方一來一往恐怕兩敗俱傷。所以處理的時候，要回歸到空性，自然解離。

後來兩人注意到婆多贊在李爺爺的眉心輪、心輪處都動了手腳，仔細看有密密麻麻的線條牽連著。魏子健用文殊菩薩的慧劍招式，不動聲色斬了這些密密麻麻的亂七八糟東西。

魏子健：「應該沒問題了，這幾天看看會有什麼結果。你明天要上班，你先回去，我在這善後，陣就繼續開著，在李爺爺的外圍做防護。」

26◆泰國高僧的設定

魏子健和林芳菲留在現場收拾，兩個人好像還相處地不錯，一起收拾水杯、擦著桌子。約莫十分鐘過去，魏子健想說再感受一下李爺爺的情況，發現不對，眉心輪、心輪又串聯成線了。這太奇怪了，即刻請張炎返回。

這也難怪了，為什麼其他宮廟、寺廟都處理無效，因為這根本是施術者的障眼法。這泰國高僧應該是做了兩層的防護設定，只要最深層的源頭沒有切除，婆多贊的法性、法術又會連結，所以才敢說保固一年。

林芳菲：「我去買一點吃的吧，我怕你再處理下去會沒體力，去超商買一下。」

魏子健：「不好意思，你累了就回去吧，不用管我。」

他們之間帶點初戀情侶的氛圍，有著滿滿的關心還有陪伴，但兩人好像還沒到相互認定。

張炎回到店內，兩人開始第二回合的拆地雷工作。魏子健從喉輪、心輪、臍輪、腹輪一一去觀看，一路探到海底輪，找到了施術點，魏子健迅速以文殊心咒解離了。

張炎：「會不會有第三個點？我們都已經做到這樣了，再檢查一次好嗎？」魏子健無奈看了張炎一眼，他真的累了，白天看書用腦過度，晚上還消耗大量心神，壓力很大。但如果不做確認，就會前功盡棄。

他們猜測，施術點似乎是由上而下，從眉心輪、心輪、海底輪，那下一個藏匿處應該就是：「足輪！」張炎和魏子健異口同聲，果然真的有！

「天啊！」這一聲並不是讚嘆，而是不敢置信施術者做了狠毒又糟糕的術法，因為「頂聖眼升天，人心餓鬼腹、畜生膝蓋離，地獄腳板出」。人的靈魂離開身體，從哪個部位走，就可以判斷他往生何處，越往下越不好。例如溫熱點在頭頂，就表示往生極樂世界；眼睛是熱的，也是升天的好現象。如果心輪溫熱，是往生人道；肚子溫熱表示往生餓鬼道，膝蓋溫熱往生畜生道，腳底溫熱表示靈魂從腳底出，墮入地獄。

所以如果這個術法沒解，一年之後老爺爺往生，必然直接通往地獄。這表示婆多贊是用魔鬼交易的方式幫人延壽。取得一年的陽壽時間，之後走向地獄之路，受苦受難，永無出期。問題是李蔚藍的弟弟會知道嗎？世人都只看著眼前，卻不知道事事都有代價。

兩個人累到不行，但總算把事情做了解決。泰國高僧總共做了三層設定，這也是為什麼前人沒有辦法順利解離術法，因為以為拆除了第一個地雷就行，卻不知道是層層疊疊的術法啟動。

一星期後，李蔚藍到文物店來，他滿滿的謝意，說他父親已經順利往生，走的時候臉龐慈祥，身體非常柔軟，非常感謝文物店所做的一切。

處理完李蔚藍父親的事情後，鄭太和追著魏子健問處理過程，但是魏子健不耐煩地說「已經處理好了啊，分三次完成」。他這種個性也難怪身邊的人都嫌他不諳人情世故、反社會人格、難相處。

鄭太和故意激他：「子健，是你殺了李爺爺！」

魏子健：「煩死了，你不會問張炎嗎？李爺爺色身本來就已經達到使用年限。」

鄭太和聽不到故事，只好去忙其他事情，他寧可等到張炎再好好問個清楚。他隱約覺得魏子健看他的眼神，總是帶著某種優越感，讓他有點受傷。

27◆千年皇陵的咒術

晚上張炎從銀行趕回店內，一副沒睡飽、很累的樣子。不過，她一句「處理婆多贊法術設定的紀錄寫完了！」這讓鄭太和樂了，因為看著這些故事，都有一種成就感，覺得這個店好像有點厲害。

鄭太和：「老闆大人，你有遇過比婆多贊的術法更高強的人嗎？」

張炎一邊整理桌面，一邊擺放便當，回答：「當然有啊！」

鄭太和：「誰？」

張炎：「我遇過最厲害的，就是秦始皇陵墓的施術者，術法千年不散。」

二〇一三年四月下旬，張炎陪著銀行主管前往陝西，主要是參加黃帝陵祭祖活動，到了當地順道參觀秦皇陵、華清池、乾陵（武則天墓）等景點。

張炎講的術法之地就是秦皇陵，位在驪山山腳下，是中國歷史上空前絕後的最大皇陵，最有名的就是兵馬俑，是大型陪葬坑。那時候張炎陪著主管參觀，遠遠走上很長的路，因為規模真的很大。

張炎：「那時參觀兵馬俑，真的被那陣仗給震撼著。一張張臉孔，好像真人一樣。那天回去之後很不舒服，睡覺前放鬆模糊之際，看到數百位禮官漂浮在半空中吹奏各項樂器，似在舉行著皇族祭祀典禮，而我穿梭其中。這一班樂師們竟然給困在這個時空中，千年了，重複著相同的任務，這違反了常態。」

鄭太和：「對啊，師父曾說，在正常清況下，亡魂存續在一個空間內，如果沒有其他的因由，頂多飄盪個三、四百年。」

張炎：「是啊，但我看到的是兩千多年前的靈魂，永遠無法超生。這表示這個陵寢除了兵馬俑之外，還有許多活人陪葬。在野史傳說中，秦始皇的陵寢以水銀為百川江河大海，為防止後人盜墓還鋪排了許多機關。而這位企求長生不老的始皇帝，一定會用術法來設定他的地下陵寢，而這些禮官們就是被囚禁的靈魂。」

鄭太和：「那不是很恐怖嗎？你還睡得著？」

張炎：「當然睡不好啊。從陝西回來後，我整整一星期晚上沒法睡覺，每天晚上都有很多古人來問候。

第一批是戰亂中的亡魂。我被拉到一個空間，繁華的古城，來來往往的人很多，非常熱鬧；之後轉為身在戰火中，我看到有許多的外國人、黑人、白人閃躲著烽火，死的死、殘的殘，晚間一片漆黑，毫無生氣；之後空間轉換，是戰後凋蔽的房舍，在雨夜裡人們無語問蒼天，不知何以為繼。無辜的百姓，趁著雨夜出來撿拾一些食物或值錢的東西，但在焦黑廢墟裡，希望破滅，找不到任何可以止饑的物品，勉強吞著雨水，無望存活的慘狀。我看到很多外國人，身材高大，膚色有黑、有白，也有駱駝，推測是唐朝安史之亂的景象。

第二批是最麻煩的，就是剛才講的秦皇墓的禮官，他們穿著整齊的禮服，每個人手上都有樂器，很專心演奏著。已經兩千年了，這些靈魂沒有辦法超生，一直困在陵墓空間，強迫著他們陪伴秦始皇，生生世世都無法轉世，永遠在那裏奏樂。」

鄭太和：「您有超度嗎？」

張炎：「您覺得秦始皇的御用法師所設定的結界，有那麼容易處理嗎？要解放這些靈魂，得有相當的領悟，如果沒有足夠的修行，很可能會招致身體受損，甚至死亡。我沒有勇氣去做，覺得是螳臂擋車，以我一己之力難以撼動，貿然行動必然喪命。」

鄭太和：「難道就這樣嗎？那些陵墓的無辜陪葬者不就永無出期？」

講到這裡，這時張炎恍然大悟，說了：「我想到一件事，為什麼師父會突然過世！以他的功德力、證量都高出我太多，卻開始暴瘦、身故，一定是處理了這種大型的建物，例如一些偉人的陵寢、特殊的宮殿廟宇這類的案子，才會受傷這麼深。因為這些都有結界術法設定，就是不讓外人輕易破壞建物。」

張炎陷入沉思，思索著老居士的死因，不再回應鄭太和的話。

28◆遊覽皇陵的後果

關於慧明居士的死因，張炎覺得有點方向了。舉凡一些陵寢、特殊的宮殿，都會有結界術法設定，作為無形的保護。埃及金字塔不也是這樣嗎？如果有人誤觸或有不敬的冒犯，就會引發許多無法解釋的怪事。

例如明十三陵之一的定陵，據說是明神宗萬曆皇帝朱翊鈞的陵寢，當時以郭沫若為首組成發掘團，開挖時發生了許多怪事，包括民工生病，村落的婦女莫名其妙地發瘋。還聽說當年力主挖掘定陵的的歷史學家在獄中自殺身亡；擔任挖掘總指揮的遭遇空難；開棺時的攝影師上吊自殺了；而發現棺槨的年邁夫婦半個月後死亡，子女也瓦斯中毒而亡，許多參與人員離奇死去。

張炎想到了好友劉毅方，他在一九九六年秋天到北京明十三皇陵遊覽，回來後就身體不適，起初以為是痛風不以為意。次年做了例行性的身體檢查，發現阿方的白血球居高不下，血小板數量偏低，所以被轉診到大醫院做進一步檢查，這一住下來就是兩個禮拜。

醫生說阿方的基因出現病變，推論是第二十對染色體出現異狀，好在這種病有特效藥可以治療，完全不用擔心。沒想到試了幾次，發現特效藥無效，阿方的血小板少到可憐，他自嘲自己過著吸血鬼生活，得定期透過輸血維生。後來醫生又推論，應該是第二十二對染色體病變，醫生表示這可以靠輕度的化療來改善。不過，進行至第三次就發現治療無效。阿方被醫院禁足，他的活動範圍只限於病床，連下床上廁所也不被允許，因為醫院擔心不小心跌倒，顱內出血，無法止血，將有生命危險。

後來阿方因為感冒，白血球不足，造成細菌感染，化驗口沫發覺有肺結核。六月初，感染不斷擴大，血壓不斷下降，意識不清，送進加護病房。每天短短的會面時間，讓阿方越發害怕，心情不好，沒有胃口，覺得自己已無希望。一個多禮拜後，阿方腦出血，意識也逐漸模糊，他無法自主呼吸，插上了管子，最後撒手人寰。

張炎曾把阿方的情形告知慧明居士，證實阿方是被明十三皇陵的守護符所傷。所以不管歲月如何，即便後人把陵寢做了整理，當成名勝古蹟開放參觀，但墳墓就是墳墓。古時候的皇帝駕崩，可不只安葬皇帝一人，皇陵內有許多陪葬的活人、賜死的族人，充滿怨氣。為了防止後人盜墓、侵入，陵寢也做了符籙、法器、法術結界的安排。只要打擾到他們的安寧，將遭到最嚴厲的懲罰。

張炎把自己的想法跟大家說，魏子健後來綜整出脈絡：「以師父的能耐，除非是遇到這類的事情，才有可能重傷。只要找出來師父生前處理了那些廟宇、墓園建物，應該八九不離十。」

鄭太和：「老闆，你這樣分析是很有道理，但如果師父真是遇到這種大麻煩，現在的我們也沒有能力處理啊？」

張炎：「也許就是因為什麼忙都幫不上，師父才會選擇不說，以免我們受傷。」

鄭太和：「既然師父怕弟子受傷，我們還要追著答案嗎？」

張炎沉默不語，大家也跟著靜下來。因為眾人均無法預知，一路追查是否就能找到答案，是否會遇上什麼麻煩。

29◆喪事與納骨塔

大白天裡，吳迪中醫師突然來佛教文物店，這是很稀奇難得，通常他都是晚上九點過後，門診結束來文物店泡茶聊天的。

吳迪醫師看起來有點沒精神，心情不太好的樣子。

魏子健問：「今天怎麼了，怪怪的喔？」

吳迪醫師：「家裡附近有喪事，是隔壁老婆婆過世。我一早有念佛回向給她。本來想說這樣也是另類的敦親睦鄰，但後續還是有一點情況。」

魏子健說：「發生什麼事了？」

吳迪醫師：「今天下午鄰居照著習俗、禮儀公司建議的方式辦法事。現場有很多祭品、鮮花素果等等，有很多祭拜儀式，結束之後還焚燒大量金紙。我家人就受到影響，全家爆發口角，大聲互吵……。我本來想當和事佬，結果也被捲進去，真是的，所以晃來你們這裡除穢氣。」

魏子健：「你也真會選地方啊！不過，遇到鄰居辦喪事，那些法事確實很容易影響人的情緒，因為會有餓鬼道眾生搶食祭品，也有附近亡魂過來求超度，造成磁場混亂。」

鄭太和湊上話：「如果法會是四十九天，那吳醫師不就要被這股喪氣、怨氣影響四十九天？家中三天一小吵，五天一大吵，吵到法會結束嗎？」

魏子健想了想：「重點是離相清淨。當我們看到附近有喪事，心裡可以先有個底，提醒自己和家人不要被影響。如果能更進一步推己及人，那就念佛號，化解家裡冤怨之氣。」

這時鄭伯冒出一句話：「如果是我家的老太婆要跟我吵，我就會拿出鈔票。這時候她就和顏悅色，笑嘻嘻的！這個比佛號還要靈耶！」

吳迪醫師被他這番話逗笑了。但鄭伯的話是對的，提醒著吳迪醫師，有時候需要一點善巧方便，如果對方喜歡甜言蜜語、一聲讚美、一個溫暖的擁抱就可以化解不愉快的氣氛，那也很好啊！

晚上鄭太和把吳迪醫師來訪的事情告訴張炎，順道問起一些法事的問題。

鄭太和：「老闆，既然你都有能力超度亡魂，還要依循民間習俗去做那些繁複的法事嗎？」

張炎：「做啊，師父說還是要做啊。遵照風俗習慣走比較好，以免外人誤解，覺得我們不懂三綱五常，有失儀節。」

鄭太和：「好吧，我原以為可以省略。」

由於鄭太和是慧明居士的晚期弟子，所以有些事情沒聽師父說過，遇到不清楚的事都會問張炎。

鄭太和：「那上次我們講了，皇帝的陵寢都設有重重機關，那現代的靈骨塔呢？會不會也設有結界？」

張炎：「你應該聽過早期辛亥隧道的靈異故事吧？因為亂葬的結果，靈魂毫無拘束，以致四處出沒驚嚇生人。那我問你，那些納骨塔容納了數千、數萬的靈魂，不就應該有更多的靈異故事嗎？」

鄭太和：「這個嘛？我也不知道！」

張炎：「納骨塔有上萬個塔位，如果寶塔沒有做任何結界設定，那就可怕了！亡魂會四處出沒，可以在外舉辦陰間夜總會、直播秀。所以皇陵也好、寶塔也罷，都設有結界的。」

鄭太和：「你為什麼都知道？」

張炎：「因為都被我遇到了啊！」

張炎回想曾經參加一場長輩的告別式，在靈骨塔待了將近五個小時，所以有機緣觀察到塔內現象。那場告別式安排在三芝某處，所在位置是整個寶塔的正中、最底層的追思廳，那天邀請了很多政要參加覆旗儀式。一開始磁場有點紊亂，除了氣氛哀戚之外，竟有莫名其妙的黑箭胡亂射入，讓人感受到胸悶不舒服。曾聽慧明師父說過，下葬前鬼妖精怪會虎視眈眈想奪最後一股精氣，而名人政要的殊勝之氣更會引起法界眾生騷動。不過當黨旗、國旗覆蓋上去後，張炎感受一股巨大的能量穩住現場，非常神奇，那些鬼魅魍魎竟然離得遠遠的，不敢妄動。

儀式結束後，張炎送走前來參加的貴賓，繼續留在現場陪伴家屬。她坐在休息室中閉目養神，突然注意到整座的靈骨塔寶塔，眾生不斷往上旋轉而上，有鬼魂眾生想脫逃這個空間，但被右側的白虎咬住。再看看寶塔下方，有一神獸鎮守在寶塔下方。底下有一張很大的八卦圖。

原來，寶塔安置了這麼多靈魂，形成一個異世界，所以起建納骨塔的時候，都會找一些高人或奇門遁甲的大師，設定好空間結界，維護寶塔秩序。

鄭太和：「聽起來有道理，也有點可怕！可以拜託你嗎？如果有一天我走了，你可以超度我嗎？」

張炎：「那是一定，但你還有好長的世路要走啊！」

鄭太和聽了非常高興，希望自己可以福壽綿延、身體健康，這時他突然問了一句話：「你該不會可以預測我的壽命吧？你看得到數字嗎？」

張炎笑一笑，什麼都沒說。

SIX

第六話・芝山岩傳奇

30◆芝山岩中藏玄奇

星期日一大早，文物店營業之前，張炎約了蔡老去芝山岩走走，因為她最近接下一份工作，幫遼寧省的微信公眾號「遼望寶島」寫稿子。那時張炎看了一下「寶島台灣」這個專欄，發覺對台灣的介紹內容太少，多數是轉載文章，所以主動提出寫稿的想法，半年多來投了幾篇關於台灣植物園、圓山飯店、阜杭豆漿、一〇一大樓、台灣藍鵲、芒果冰等等的介紹文。這次張炎想要介紹芝山岩，約蔡老一起外出走走。

芝山岩是個充滿歷史糾結的地方，外觀上是個不起眼的小土堆，卻有其獨特的命運，在清朝是漳州人的堡壘，曾經發生過嚴重的漳泉械鬥。日據時代此處被列為教育聖地，民國後成為軍事要塞，直到現代才擺脫歷史的傷痕，還它自然生態風貌。

張炎和蔡老約在芝山岩南邊入口處，兩人走上又長又高的百二崁步道。

蔡老：「你是要累死我啊，這台階很長很陡耶。」

張炎：「運動一下啦，慢慢來，邊走邊休息。」

兩人大約走個四、五十階就停一下，台階旁邊有扶手，讓蔡老可以慢慢走上去，大約十分鐘就抵達高處。

蔡老：「這裡有點陰吶！」

張炎：「對啊，這裡曾經死過不少人。有日本教師在這裡被殺死、有漳州泉州的先民在這邊械鬥，要不然另一邊的上山入口為什麼會有個惠濟宮，就是守護平安啊！」

蔡老：「那你還來？」

張炎：「就答應要幫人寫稿子，所以親自來訪，還要拍照啊！反正你閒著在家，不如陪我出來走走。」

兩人繞過雨農閱覽室，那裏有日本人所立的墓碑。起因是一八九六年元旦，台灣人抗議日本統治，在此殺害了六名日本教師，後人稱作「芝山岩事件」。兩人走到此處，已是芝山岩的最高處了，往山下望去還可看到情報局的大樓。胡亂繞繞欣賞了一下三百年老樟樹後，接著往西側方向往下走，前往惠濟宮。

沿途看到了「同歸所」，這是三個事件的合葬處。第一個是一七八六年林爽文與吳維仁領導義民抵抗清朝，傷亡甚多，一路打到八芝蘭，死傷慘重屍體遍布山頭，無法辨認的死者約有五、六十人，就地合葬於此，俗稱「大墓公」，石碑刻著「萬善同歸」。第二個事件是一八五九年爆發大規模漳泉械鬥，許多人死於芝山岩。第三個事件，就是剛才提到的芝山岩事件，日本教師在此被殺害。這些死亡屍骸都同葬在此。

沒走一會兒，就看到惠濟宮外的一大片廣場，平坦又遼闊。蔡老看到這片大廣場，心情也開闊很多，邊走邊大力擺手、甩手，開始伸展起筋骨。

張炎揮著手說：「蔡老，進來拜拜喔！」兩人進入宮內，點香恭敬禮拜主神「開漳聖王」，然後看看服務處提供的一些簡介、活動資訊。

惠濟宮興建於一七五二年，距今有二百多年歷史，是市定三級古蹟。主神共有三尊，供奉漳州人的重要信仰開漳聖王、觀音佛祖，以及文昌帝君，是儒道釋三教合一的廟宇。

張炎看了有關開漳聖王介紹，也查了一下附屬景點的傳說，「喔，原來是有故事的！」剛才從百二崁走上來的南側入口，對面有一個石馬遺址，上班時天天經過，只知道是個古蹟，卻不知它的典故。張炎現學現賣，把這個石馬故事講給蔡老聽。

傳說開漳聖王有隻坐騎，是一匹威猛的神馬。泉州人和漳州人來台後，經常械鬥，泉州人老是打敗仗，經過道士指點後，才得知雙方拼鬥時，開漳聖王會騎上這匹神馬幫助漳州人打勝仗。

泉州人知道後想上山把廟給毀了，但道士說：「開漳聖王是神，這樣做是大不敬，會闖出大禍，倒不如針對那匹神馬。」道士把神馬晚上下山吃草的地點告訴泉州人，埋伏在附近，趁神馬走近時跳上馬背，用鑿子在馬背上猛刺，傷口流出血來，神馬化成了石馬沒法再動，自此以後泉州人就不再打敗仗了。現在石馬上有些窟窿，相傳是被當時的石匠鑿出洞來的。

張炎講完以後，蔡老點點頭，覺得這裡果真有幾分神祕。蔡老補了一句話：「那個道士敢這樣對付神馬，下場一定很慘。」

兩人在裡面待了十分鐘左右就往外步出。他們循階梯而下來到西隘門和城牆，這是當初漳泉械鬥的防守線。早期來台的福建漳州、泉州人民，常常為了搶占土地、爭奪水源、利益衝突不斷。一八五九年發生激烈的漳泉械鬥，死傷數百人，據說染紅了山腳下的溪水。一八七三年惠濟宮改建，有感於開漳聖王對漳民的保護，當地仕紳潘永清於山壁題上「洞天福地」。

走到這裡，蔡老先坐下來，看著洞天福地這裡的觀音像，還有這裡的布置安排，蔡老說：「嗯，感覺怪怪的，既有一股穩定的力量，又好像有另一股想要突破壓制的力道。」兩人在此處拍了很多張照片，然後張炎先送蔡老回家，再回店裡準備營業。

31◆女道者求去

張炎回到店裡面就開始整理照片、上傳到筆電上，把手邊拿到的資料做分類。由於這些都是百年老故事，上網一查發現有很多版本，但是投稿的字數不適合長篇大論，必須要刪減，張炎一時看到頭昏眼花，腦袋也裝不進任何東西，便靠在椅背上休息。

矇朧中進入異世界，張炎走進一座廟宇，古式建築，有著雕樑畫棟、屋頂有藻井。但屋子舊了，屋頂角落布滿蜘蛛絲，感覺不太舒服，好像有種危機。張炎聽到一個女性在求救，她好像等了很久，等有緣人進入這個空間幫她。

張炎：「你是誰？」

對方說：「請你幫我，我想離開。」

一位眉清目秀的女性，說自己是個修行者，因為和遠古邪魔對戰受傷，耗盡自身功體，被困在芝山岩空間中無法脫離，但經過百年，這裡的宮廟香火讓她元神靈識逐漸在修補中。

矇朧中，張炎回應對方：「好，我會幫你的。」然後就醒來。

張炎心想：「這是怎麼一回事？」隨即打電話給法師長蔡老，跟他講了這個情況，約了晚上來處理。

到了晚上，店內客人還挺多的，一時還找不到空檔。正好有客人進來想要買香，但拿不定主意要買沉香還是檀香。張炎給了客人建議，如果靜坐時感覺心定不下來，不妨點上沉香，可以安神鎮定；如果覺得念佛號打坐，好像都提不起勁，有種懶懶的感覺，那就點上檀香，可以把自己的動力給拉上來，這兩種香都可以避邪除穢。如果沒有上述的問題，其實也不需要買了，點的是自己的心香，自性與諸佛菩薩相契。客人聽完之後，兩款香各買一盒。

蔡老看客人離開之後，問了張炎：「你有叫魏子健過來嗎？」

張炎：「有啊，我有叫他。」

蔡老：「那就等他到了，我們再一起處理。」

張炎預想了一下處理的方法：第一先開陣，把空間結界放大，第二是了解女修道者的狀況，第三再護送女修道者順利離開束縛她的空間。

蔡老聽完以後：「你忘了喔，你要先向開漳聖王稟報才行，要先尊重地方神明。」

張炎點點頭之後，就開始用水晶鋪排「十方陣」，準備差不多了，這時她聽到那女道者說：「我也準備好了！」

張炎開陣並讓它稍做運轉，接著魏子健和林芳菲都來店裡面了。看到他們同時出現，感覺已是男女朋友的關係。

魏子健：「你今天開的陣有清聖之氣喔，感覺不錯。」

張炎：「今天陣名叫做十方普門妙行陣，陣心放的是水晶製的金剛玲瓏心，剛才用普門品經句『真觀清淨觀、廣大智慧觀、悲觀及慈觀、常願常瞻仰』來啟動，當然不一樣！」

蔡老主動請纓，由他向開漳聖王稟明情況。只見他雙手合十，非常恭敬地開始敘述，說聖王轄下的芝山岩有位女修道者想離開，是否准許？才幾秒鐘，蔡老望著張炎說：「開漳聖王很有威嚴的說：准！」

張炎：「好，那就可以處理了。」

張炎開始度化女性道者，這時她出現了，眉清目秀，身上揹著一把劍。以心經咒心解離修持者身上的宮廟法性，幫她修補靈體，接著誦念佛號回向給她。

魏子健：「我注意到耶，芝山岩外有一層防護罩，氣場開始減弱，表示開漳聖王允許我們讓她離開。」

蔡老：「不只她一位耶，她身邊還有其他的護持者、法眷屬也想一起走耶！很多喔！」

魏子健：「情況還不錯，她踏上蓮花離去了！」

張炎：「你剛才說是道者，那她的蓮花應該是青色囉。」會這樣問，是因為開陣會消耗許多能量，所以張炎不用眼觀看，直接問魏子健。

魏子健：「對，一開始度化的時候是青色，後來你的陣幫她加持，蓮花出現粉紅色跟金色。」

張炎：「好，那表示很順利。我繼續念佛，把這個陣的威能給提升上來。」

蔡老：「張炎，你趕快接住喔！女道者送給你一個法本喔！是她的百年修持心得，叫『蓮華法印』，你收下吧！」

張炎從虛空中收下這本修行手冊，然後合掌頂禮，接著翻開冊子：「上面沒有字耶，我頂禮翻看，真的是無字天書耶。」

魏子健：「你就收著吧，也許法本不是用看的，而是你打開的時候就已經解壓縮，融會在你身上了。這本書有她的修行證量，也是很殊勝的。」

蔡老：「你賺到了喔，你看，女道者身上的法眷屬、護法，有些沒跟著她離開，而是留在我們的文物店當護法。」

張炎相信近悅遠來，留下就是結個法緣；也可以自由離去，沒有任何禁錮，隨順因緣而已。到此算是告一段落，算是處理得很快，一個小時而已。

張炎問：「你們有沒有想過，萬一女道者就是廟宇裡面的副尊，那會是什麼情況？不就表示有高階靈入侵廟宇，女道者被禁錮在某個破舊空間。直到我和蔡老去芝山岩，她才有機會傳遞訊息給我。」

蔡老說話了：「有些廟宇確實發生外靈入侵的現象，原來的神明被趕走，甚至靈體被消滅。女道者既然要離開，你就幫她開出一條通道來。至於那座宮廟是不是被篡廟，我們不要去過問，交給天地因果法則去決定。不過你講的情形，我在澎湖也聽說過。」

蔡老講了他在澎湖遇到的篡廟故事，大約是在民國七十年代。在澎湖西邊山上有一尾千年蛇精，是北極殿主公玄天上帝腳下所踏蛇王的後代。因不滿玄天上帝降伏他的祖先，想復仇討回面子。有一次趁著玄天上帝在外繞境出巡，蛇精看到有機可趁，就霸占了祂的廟庭，讓玄天上帝沒有辦法回到廟裡面來。玄天上帝被趕出廟後，向玉皇大帝稟告，玉皇發出一道玉旨，派出雷公打出響雷，逼走千年蛇精。

眾人發現，蔡老真的很會講故事，講得活靈活現，難怪他的牙醫兒子不喜歡他對孫子講這些鬼怪故事，堅持引用國外的童話故事。

32◆福地洞天非故鄉

原以為芝山岩的處理已經告一段落，沒想到晚上張炎在睡夢中看到一位男子，穿著灰黑色衣服，戴著斗笠，不是現代人的裝扮。他站在水岸邊，想乘著小舟擺渡離開。男子說：「我叫吳紅，想要回家，但是我的錢不夠，你可以幫我嗎？」

張炎陪他到了渡船頭，明明是一百五十元，但擺渡的船家看了看，出現一組數字，不斷地跳，數值一直增加。好像是九千三百二十這個數字。很明顯的，吳紅沒有這樣的錢，指望張炎付這筆錢。

張炎：「好，我會想辦法幫你解決。」

張炎又往前走，穿過一個空間，來到陽光和煦、吹拂著暖風的幸福世界。一眼望去都是田園，沒有邊際，這裡應該是個豐衣足食的地方。這裡來來往往有許多居民，但服裝和現代人不太一樣。張炎見到一位中年男子，微胖，皮膚黝黑，穿著便裝短褲、打赤腳。他對張炎說，他和一些居民並不屬於這裡，想離開這裡，可否助他們一臂之力？模模糊糊的對話，但場景卻很清晰。

張炎醒來，回想夢中所見的那群人，根本不屬於這個年代。他打電話告訴蔡老，敘述了夢中現象：「蔡老，芝山岩好像還有續集耶。我們今天晚上店裡見。」蔡老最喜歡接到張炎的電話，讓他覺得澎湖法師長被賦予任務，相當有成就感。電話中，張炎也和蔡老討論，認為吳紅說的九千三百二十這個數，應該不是金錢，而是想要離開這個空間、求度化的眾生數。

張炎思索著，是因為去了芝山岩，所以做了這個夢嗎？為什麼在幸福的空間中會有一群人想離開？張炎在上班的空檔，上網搜尋芝山岩的介紹。有段內容「當初在同治年間重修惠濟宮，找了個山壁，寫上洞天福地，用做紀念當時漳泉械鬥時，開漳聖王對漳民的保佑。」

張炎納悶著，「開漳聖王對漳民的保佑」這句話是什麼意思？她思索著，那個時代沒有所謂的靈骨塔，死了那麼多人就只能草草安葬，所以晚上可能會鬼影幢幢、靈異不斷。當初重修惠濟宮的目的，應該就是要找高人設陣，達到陰陽殊途、人鬼兩分的功能。如此說來，「洞天福地」是形成保護結界，亡者在開漳聖王的庇佑下可以安息，有自己的幸福世界，不去干擾外在的活人空間，這就是「開漳聖王對漳民的保佑」。

下班後，張炎來到店裡，竟然所有的人都在等她。蔡老早早就到，林芳菲也到，該下班的鄭太和也不走。

張炎：「我思考了一下，那夢中出現的求超度、想離開的，也許不是漳民，是泉民。他們械鬥而亡，一起收在這個結界。但是這個芝山岩是漳州先民的洞天福地，並非是泉州先民的，他們就算安住在這個空間內，也會待得很勉強，成為空間中的少數民族。開漳聖王對於死去的靈魂都一樣善待，在那個結界中雖可相安無事，但那不是他們的認同處，也不是故鄉。所以吳紅和中年男子出現，說要回家。但是他們力量不夠，需要有人幫忙。」

眾人同意張炎的看法，在拼湊出故事後就開始處理了。

張炎開始布陣，才開展到一半，想到一事：「等一下，不對，不對，蔡老要先出馬，跟開漳聖王稟報啊！這是對開漳聖王的尊重，告訴祂我們要開陣。」

蔡老合掌：「敬稟開漳聖王，因受夢境眾人所託，希望返回家鄉。請讓洞天福地裡想離開的人順利離開。」

蔡老：「開漳聖王剛才說：准！這次我看得很清楚，聖王是黑臉的，有左右護法。」

張炎開始安心布陣，此時福地洞天的空間磁場能量開始減弱，現出一層防護罩並打開，應該是開漳聖王應允後，所釋出的返家之路。福地洞天現出一道金光，族民們慢慢地往外移動，離開金光結界，之後進入張炎所開的陣，有些坐蓮花離開，有青色、粉紅色、白色等等。有些乘著祥雲，有些步行著，感覺上很多靈魂踏上了回家的路。

魏子健：「你看，有日本人！」

蔡老：「真的有喔，聖王的淨土中有著不同的生命，祂的慈悲是不分國籍、宗族，只要願意都可以留在洞天福地！」

不過，張炎有點喘了，因為要開出很大的陣，護送著這些靈魂不受外界干擾。

魏子健：「我念佛號給你，幫你撐一下。」

超過兩個小時了，已經是晚間十點半，洞天福地的防護罩逐漸封閉。這應該是開漳聖王留給張炎的處理時間，給想離開的族民開了一個方便之門。

張炎：「我們真的做了一件有史以來，最瘋狂、也最重大的事！恐怕講出去都會被人家笑！我們度化了芝山岩的女修行者、泉民，而且還是在開漳聖王的允許下。」

魏子健：「對啊，這事情講出去都會被人笑是神經病，會說我們何德何能處理這些？」

蔡老：「我們聊齋館說出來的故事，內行人看門道，外行人湊湊熱鬧，不必在意啦！」

連著兩天開陣，張炎有點吃不消，趴在桌上小睡一下。其他人則繼續聊天、說故事。

33◆蔣公的影武者

張炎才休息沒一會兒，店內進來一位時尚青年，是張炎的日本朋友三島先生。

張炎：「你怎麼知道來這裡找我？」

三島：「我很聰明好嗎？你不是說你開佛教文物店，在士東市場附近的就只有你們這家啊！」

三島和張炎是在天母的健身中心認識的，父親是日本人，母親台灣人，三十歲左右，是個畫家。他為人豪爽海派、說話幽默，身材高大結實，留著一頭超有型的頭髮，站在他身邊就很有安全感。

張炎第一次看到他時，嚇了一跳，因為他身後有一票高大魁武的日本武士，配掛著武士刀護著他，這畫面非常特別。張炎後來有告訴他，他以自信表情說，他家族具有日本武士血統，百年前曾負責保護君主，並以此為榮。

平常兩人運動完之後，有時候還會小聊一下，他會問張炎剛剛某個女生正不正？大部分張炎都會搖搖頭跟他說：「不好不好，你覺得她有魅力是因為她身上狐狸在對你發功。」然後兩人就笑成一團，再討論下一位美女。

這幾天三島在健身房一直沒遇到張炎，既然今天有空，想說乾脆直接來店找她。

三島說，上週帶日本客戶去參觀大溪老街、慈湖，包括兩蔣陵寢、蔣公銅像公園等等。但是在那之後就有怪事，每天早上睡醒時，朦朧中都會看到蔣公穿著軍服、騎著駿馬從他眼前邁步經過。

三島：「靠，這是什麼情況啊？嚇死我了！」

張炎：「我想，那應該不是真正的蔣公，而是依附在銅像上的外靈。應該是你在銅像公園時，和某尊銅像『看對眼』所致。」

張炎聽著三島敘述參觀桃園慈湖的情形，敘述到一半，哇，蔣公與駿馬此時又出現了。三島感到一陣暈眩，一股氣從肚子內衝上來，吐了好幾口。張炎念了幾聲佛號回向後，但見蔣公騎著馬高高興興的飛馳奔往虛空。

三島問：「為什麼是蔣公？為什麼是我？」

張炎想了一下，這個靈魂，當然不是蔣公。那要怎麼解釋呢？「這應該就是你們日本的『影武者』，我們叫做替身，以近似的身形來代替主人執行任務。」

從台灣民間道教習俗來講，製作好的木雕、泥塑、神像等等之類不具有靈性，要有「開光點眼」的儀式，把天地靈氣匯集於神像身上，才能活靈活現。這個蔣公影武者的銅雕，應該就是雕塑者完工後有幫他做儀式，或者師傅在雕刻過程用了很大的意念，讓蔣公銅像「入了魂」，才能讓他看起來特別威武、屹立在紀念館裡。

三島說：「是不是因為蔣公討厭日本人，所以那個影武者找上我？」

張炎：「不，不是這樣。是因為你和他擁有武士、軍人的共同特質，那就是『忠貞』。你的武士血統裡，傳承著保護君主的角色，你們有相同的任務，都有忠於主上的特質，所以他信任你、找上你。而且他要感謝你才對，他屹立在銅像公園很久了，任務終於可以圓滿結束了。」

三島聽了很高興：「所以他完成任務，不會早上再出現了？」

張炎：「對，是這樣。」

三島：「よかった！哈，我請你吃宵夜，到『洋介哥哥的店』吃燒烤！」

他拉著張炎離開文物店，門口停著一輛ＢＭＷ。

三島：「對不起，我的法拉利跑車被女朋友開走了，今天請你將就一下。」

張炎笑著：「沒關係！」

兩人開心一起吃宵夜去！

第七話・凶煞惡地現生機

34◆泡茶與六度波羅蜜

智秀來文物店找張炎，不過此時有客人，鄭太和先招呼智秀喝茶休息。

客人問著：「我的媽媽過世兩年多了，我們也花了很多錢，請出家師父來辦法會，大家都說已經幫媽媽圓滿了。可是很奇怪，我姊姊常夢見媽媽來要東西，說又冷又窮，得再唸經給她，要不然就說要燒紙錢給她。」

張炎：「請您把媽媽的名字寫下，對，也把姊姊的名字寫下。」

客人照做，寫下媽媽、姊姊的姓名。張炎接著以右手指觸摸紙張上所寫的字，手按在媽媽名字上，氣感沒有問題；手指按在姊姊名上，左手臂則有相應發麻的感受，之後又合掌閉眼沉澱一下。

張炎：「法會圓滿，媽媽也順利往生極樂世界，在夢中和你姊姊連線的是外靈，不是媽媽。」

客人：「外靈？什麼意思？」

張炎：「你姊姊到現在是不是都還沒有走出喪母的憂傷心情？」

客人：「對，沒錯，因為都是她在照顧我媽媽。」

張炎：「兩年了，該捨、該放下了。做子女的要為媽媽好好的活著，不哀戚喪志。你姊姊因為太想念媽媽，所以外靈化作媽媽的形象，跟她討東西、要功德。」

客人：「那該怎麼辦？」

張炎：「就是捨下、放下。要不然即使我現在念佛回向，度化了和你姊連線的外靈，你姊還是會因為思念，再次感召更大、更貪婪的外靈，繼續要東西。」

客人：「那我可以帶姊姊過來嗎？您來勸勸她。」

張炎：「嗯，好啊。」

張炎送走了客人，轉身去張羅茶具、茶葉，準備泡茶。智秀舌頭刁，氣感也清楚，拿太差的茶葉泡給她喝，往往會被吐槽，嫌棄到不行。

智秀看著張炎用心泡著茶，故意出了一個考題，想知道某人的記憶到底還靈不靈光：「張炎宇宙無敵大老闆，請以泡茶來解釋六度波羅蜜。」

張炎拿著茶罐走來，往智秀的頭上敲去：「你敢考我？還宇宙無敵大老闆？不像話啊！」智秀對著張炎露出孩子般調皮的笑容。

張炎開始回答：「出家師父所說的六度波羅蜜是從布施開始，之後是持戒、忍辱、禪定、精進、智慧。但是凡夫的六度波羅蜜次第往往是從修忍辱開始，之後是精進、禪定、智慧、布施、持戒。為什麼呢？因為我們沒有修行者的外表，所以碰到的考驗，遇到的種種現象、逆緣，會比出家師父還要多。一般人就算不喜歡出家師父，至少也不會對他惡口相向。但是我們在家眾就沒這麼好命，可能彼此看不順眼、不喜歡，就會在言語上產生不禮貌的現象。所以師父告訴我，凡夫是從忍辱開始起修的。」

智秀：「再來呢？如何表現在泡茶上？」

張炎索性把茶具丟給智秀：「你自己來泡，換我品嘗！」

只見智秀手忙腳亂，不知這茶要泡多久才能倒出來，一下掀開壺蓋看茶葉有沒有張開，又聞聞看到底有沒有香味。因為沒有把握，先倒一杯給自己品嘗，吐了舌頭說是太苦。張炎也小啜一口，笑稱「太濃了！」

張炎開始說了：「好心泡茶請人喝，別人卻把難喝的表情寫在臉上，這時我們要把脾氣收斂起來，這就是修忍辱心。把茶調到適當，就是精進。自己覺得茶泡得好喝可以入口了，進入禪定。怎麼樣把茶泡好，記錄在阿賴耶識，這就是智慧。把茶和大家分享，勸茶就是布施。別人覺得茶好喝，對我們讚賞，這時要戒貢高我慢，這就是持戒。」

智秀：「還是你厲害，記得這些！」

張炎：「你找我什麼事情？」

智秀：「陳玉英老師生病了，是乳癌，已經末期了，她現在弱不禁風，體力又差，昏昏沉沉的。我半年前就聽說她辦理留職停薪，但不知道是什麼原因。上週有事回學校去，聽到其他老師講到她病重的消息，趕往醫院探視。她說有話想要對你說，希望你去一趟醫院。」

35◆老居士的死因

張炎聽了智秀的話，前往醫院探視陳玉英，她臉色憔悴，講話很小聲，頭戴著帽子，也看不到眉毛，應該是化療所致。

陳玉英：「我有重要的事情要說，是關於慧明老師過世的原因。我怕再不說就沒有機會了……。」

陳玉英說起一段捐地建廟引來的禍患。台南寶安寺的信徒捐了一塊地，地點非常好，坪數也很大，但為什麼會捐出來？聽說那塊地是日據時期的刑場，旁邊又緊鄰公墓，鬼影幢幢，有不少詭異傳說。寺方很樂意接受這塊地，因為現有的寺廟空間狹小，能有一塊寬敞用地會比較好。

寶安寺的德海住持原本是道教的扶鸞乩身，曾經有很多信眾，還出了幾本書，頗受各界好評。德海住持因為一些機緣皈依佛門，廣開方便之門，收了許多在家弟子，弘法道場也從台南、台中、台北不斷擴展出去。這次能在台南找到這麼大塊的地，德海住持想要興建成「寶安佛教孝親園區」，除了有恢弘氣勢的寺廟之外，他說還要建寶塔，限量五千個塔位，只有皈依的弟子才可請購，寶塔每天都有專人誦經回向。

由於這塊地是刑場，上面冤氣很重，所以從接收那塊地之後，寺裡就開始不平安，到了動土那天，現場還挖到人骨，但是德海住持老神在在，要大家不用擔心，他都會處理。聽說有回工人在樹下午睡，睡眼惺忪中看見三位男子聚集，其中一名身穿日本軍裝、一個著國民軍服、另一位穿中山裝，但這三名男子都沒有頭，當下嚇醒，不敢再去。

陳玉英：「我的學生釋清如，他也在寶安寺，我們都有保持聯繫。有回他提到這塊刑場陰地發生的種種事情，我請他向德海住持推薦慧明老師來處理。沒想到這就鑄下大錯。」

由於台北到台南有段距離，慧明居士遲遲沒有動身，而且對方住持也沒開口邀請，本來就不需要前往。隔沒多久，聽說德海住持找了附近五府千歲廟的乩童來處理。陳玉英不放棄，找了一些理由，從台北載著慧明居士趕到台南去看那塊地。

初次見面，德海住持以禮相待，慧明居士也禮貌性地和住持聊聊。但陳玉英不死心，當著住持面前說，寺廟要香火旺盛，那日據時代的槍下亡魂是要度化的，不要找五府千歲廟的乩童，因為如果功夫火候不夠，到時候那些怨靈都會跑出來擾人。德海住持心裡不太高興，覺得外人多事，但他還是客客氣氣回答，請陳玉英不必操心，寺方都已經做了最好的安排。在那之後，陳玉英還是一頭熱，三番兩次把建廟進度告訴慧明居士。

張炎：「這就奇怪了，出家師父怎麼會找上乩童？這有點奇怪。」

陳玉英：「後來我才知道住持之前也是乩童出身，而五府千歲廟的乩童是他師弟。」

寶安寺和五府千歲廟經常一起同做慈善救濟、募款賑災，雙方信徒也和樂融融，有時一起約唱卡拉ＯＫ，也會辦進香一日遊等等，因為都是鄉親熟人，雙方是一家親。他們都說，宗教信仰是勸人為善，只是不同的招牌而已，大家可以自由選擇，鄉親要請符、拜斗的找五府千歲，要往生助念、做懺就找寶安寺。

陳玉英：「寶安寺建廟一直很不順，要蓋那麼大的寺廟，需要很多人幫忙募款，曾經傳出帳目不清的事情。大家對於寺廟後方興建靈骨塔也有爭議，因為只規劃了五千個，只能用抽籤的，有人開始送紅包給住持，希望保證抽到，所以德海住持明的也賺、暗的也賺，工程根本沒什麼進度，寶塔還沒蓋好，就已經口袋滿滿。」

張炎：「他們要賺這種不義之財，那是他們的事情，為什麼扯上師父？」

陳玉英低頭：「對不起，因為我做了一件事，我向社會局舉發寶安寺，說他們有斂財之嫌。我也寫信給內政部警政署，說寶安寺有詐騙行為，以消災解厄、改運生財之名賣寶塔，說德海住持收受弟子賄款。」

張炎：「你為什麼要這樣做？這不干你的事。你太自以為是！」

陳玉英：「因為我的學生在那裡啊！我只要聽到清如抱怨住持的行為，就很替他叫屈，想幫他解決問題。」

張炎：「所以師父就成了替死鬼嗎？幫你收爛攤子嗎？」

德海住持被人檢舉之後，心生不滿，也知道寺內的清如師父不斷透露內部問題給外人，於是請他到宜蘭去種水果，不要再回到台南。另外打電話給慧明居士，警告他別插手這事，並說要給他好看！

納骨塔一邊蓋、一邊出事，德海住持找了很多乩童來施法，最後還祭狗血除煞，作法很詭異，都不是用佛教儀軌來處理，從那時候起慧明居士日漸消瘦。

陳玉英：「本以為老師可以撐過這一關，但他一直沒法好好休養，一直在消耗，等到老師決定要閉關，身體已經受損太多，造成無法挽回的遺憾……。我後來也注意到自己乳房有硬塊，但我以為念佛、禮佛可以改善，等到疼痛不已時，已經是第三期了。我來日不多，這件事情想交代清楚。」

張炎：「我知道了。謝謝您告訴我，您自己也承擔這麼多，請務必好好照顧身體，希望您早日康復。」

陳玉英揭開自己的衣服，現出焦黑皮膚、有些地方還透著水泡：「這是電療的結果，我這個身體已經好不了了，我現在受苦受難是活該，因為是我把老師拉下水，要承受這個苦。」

張炎：「師父不會想看到你的自責。我會再來看你，你有狀況請務必通知我，就算最後一刻，請你家人通知我，讓我送你。」

護士進來說要換藥，張炎便向她道別離去。

一星期後，智秀通知張炎，陳玉英早上十點多在醫院過世了。張炎難過不已，掛上電話後，突然眼前出現陳玉英站在祥雲的景象，她的靈體散發著淡黃色金光，她的容貌回復到二十歲青春玉女模樣，對著張炎微笑。

張炎在微笑中泛著淚光：「感恩諸佛菩薩接引玉英，讓我派不上用場，因為玉英修得很好，順利往生西方極樂世界。」

36◆現世報

張炎把陳玉英告知的訊息講給店內眾人聽。意思是陳玉英擋人財路，慧明居士成了箭靶，十幾個法師作法，重創了老居士，然後撒手人寰。

蔡老：「你師父怎麼走的，光聽你這樣說，頂多是重傷，但還死不了。要找十個厲害的法師來對付他，基本上是不可能，因為這種傷天害理要人命的事情，不是人人都會出手。通常是法師帶著十幾個菜鳥練習才有這種陣仗，但也都是三腳貓功夫。」

鄭太和：「會不會是集結了很多因素，例如：寶安寺和五府千歲廟的攻擊，加上文物店本來就有很多請託的事情，還有一群不用功的弟子拖累著師父。」

蔡老：「你如果想知道答案，就去寶安寺走一趟，把事情弄清楚。」

鄭太和：「對啊，就去一趟吧！我報名。」

張炎：「你以為是員工旅遊啊？」

鄭太和：「老闆，這是學習之旅。」

張炎瞪了鄭太和一眼：「好吧，就兩天一夜。」

鄭太和很興奮地樣子，他覺得是在出任務，就像警察辦案一樣，要調查至陰的沖煞地。

到了出發前一天，張炎問鄭太和：「到底有幾個人要去？」

「八個，數字很吉祥吧，就是八個。」鄭太和回答。

怎麼算都不會有八個人這麼多啊？這家店的基本咖就只有張炎、魏子健、鄭太和，加上蔡老，還有林芳菲，還會有誰？

鄭太和回答：「智秀啊、我老婆啊，還有阿元。」

張炎：「警察阿元？這跟阿元有什麼關係？」

鄭太和：「阿元是台南人，他說也想跟，可以盡地主之誼，招待大家玩啊。其實，是阿元想找蔡老幫忙啦，難得一趟路下去，要麻煩他看看老家情況啦。」

張炎搖搖頭：「你要是做生意、練功有這麼認真就好了！」

第二天一早，八個人在台北車站集合上了高鐵，開始了台南學習之旅。鄭太和夫婦一對、魏子健和林芳菲一對、阿元和蔡老一起、張炎和智秀一起，共四對，抵達台南後，即前往寶安寺和五府千歲廟。

張炎在車上對大家講了：「我們這趟出來，就讓蔡老來當團長，他德高望重，處事也有經驗，就聽蔡老發話，其他打雜、出錢的事找我就好了。」全體一致通過這項建議，這就是蔡老特別喜歡張炎的原因，總把面子做給他。

這群老老少少抵達五府千歲廟後，像一般進香客拿香拜拜，東張西望地觀察宮廟。由於是白天，人不多，只有幾位年長者在泡茶，行政人員在櫃檯處理一些事務。

蔡老是法師出身，對宮廟比較熟悉，他又是團長，便由他過去向幾位泡茶的老人打招呼：「請問一下，你們這裡辦事是哪一天？」

一位老先生開口：「星期三和六，要先預約喔，你先跟服務台填單子，排一下時間，現場臨時排會等很久。」

蔡老：「你們現在是誰在辦事？我有事可以請教他嗎？」

老先生：「阿明他都是過中午才會來啦，你是要問什麼？」

蔡老：「附近不是有個寶安寺嗎，聽說住持和你們這裡的乩童是師兄弟關係，因為寶安寺蓋得不太順利，有請他的乩童師弟幫忙。你們知道這件事嗎？」

瞬間，幾位老先生七嘴八舌開始講：「往生了啦！」、「那個乩童是上一任的啦，叫陳鑼，去年起乩做法時，魂給鬼牽走了啦！」、「是心臟病發突然走的。」、「他就是講不聽，那塊地是日本時代的刑場，很陰，要他不要處理卻不聽，人就走了。」

鄭太和靠上去說話：「那他寶安寺的師兄呢？」

又是五花八門的答案跑出來：「抓去關了啊！」、「鬧得很大啊，才知道他老婆很多個。」、「不好好當乩童，剃頭出家，又去拜西藏的什麼王。」、「搞雙修，男女雙修。」、「寶安寺是豬哥窟啦。」

林芳菲在旁用手機查到幾則新聞訊息：

「……警方指出，死者四十七歲陳姓男子，是台南某宮廟乩童，神明進廟前乩童必需起乩作法，只見陳姓乩童作法過程中突然倒地，頓時沒了呼吸心跳，一旁信眾驚嚇不已趕忙報警，送醫急救後仍然宣告不治。」

「……台南寶安寺創辦人德海法師，俗名汪志豪，以男女雙修為由，任命多名女弟子為貼身祕書或侍者，帶到寺內專屬的法堂做男女雙修，與他性交。祕書又代為物色年輕貌美的信徒或義工供他性侵、猥褻，二審被判刑十五年，四名女弟子各判一年到六個月不等，全案仍可上訴。」

「……警方在禪堂內搜出二十多本色情刊物、男女雙修書籍，據稱德海法師有多位女祕書，以雙修的福報很大、修行證量會大幅提升等語，迫使女方屈服，如果反抗則被痛斥愚痴。」

眾人大致拼湊出故事樣貌：師兄弟都出身乩童，一個在五府千歲廟，一個轉為出家師父，不久又變成藏傳佛教的某派第幾代弟子，在寶安寺當住持。乩童師弟陳鑼起乩的時候，心臟病發走的。師兄德海法師，因為搞男女雙修、性侵女弟子，被舉發後關進牢裡。

張炎：「感覺我們這一趟好像什麼事也不用做了，上天已經給他們教訓了。」

魏子健：「既然都來了，還是去寶安寺看看吧。」

37◆凶煞穢地現蓮花

大夥兒乘車往寶安寺的孝親園區去，抵達後映入眼簾的是十層樓高的建物，沒有複雜的設計，有些地方還維持著水泥牆面，沒有貼上磁磚，用藍白色的塑膠布遮著。眾人魚貫進入，鄭太和夫婦就自行參觀去了，智秀和張炎前往服務台去，有一位志工媽媽坐在那裏。

智秀：「阿彌陀佛，我們第一次前來，是否有貴寺簡介資料，或能帶我們導覽一下？」

志工：「阿彌陀佛，不好意思，我們這裏是簡易辦公處，大樓還沒蓋完，沒有什麼資料。您是出家師父，我去請裡面的師父出來一下。」

沒多久，一位出家師父微笑走來：「阿彌陀佛，我叫德賢，你們是從哪裡來的呢？怎麼稱呼您？」

智秀：「我是智秀，從台北下來的，大我三屆的前輩清如法師在這裡短暫待過，今天路過此處，順道看看。」

德賢：「我記得清如法師，後來他轉到宜蘭去，之後就離開了。」

智秀直截了當的問：「貴寺怎麼變成這樣了？」

德賢嘆了一口氣：「本來是一件好事、喜事，不知道是我們沒有福報，還是人謀不臧，變成現在這個樣子。」

阿元：「我知道，新聞報導有提到，那個雙修的住持被抓去關了。」

德賢：「本寺發生這麼大的醜聞，信眾都跑光光了，你看我們這十層樓的建物還有很多地方沒完工，但已經超出我們現任住持的能力了，四樓以上都沒有裝潢，因為已經沒有經費可以裝修了，這個園區已經成為我們沉重的包袱。」

智秀：「施主一粒米，大如須彌山。你們辜負太多人的信賴！」

德賢：「鄉親都說我們這裡是豬哥窟，你就知道形象有多差，我們募不到款，根本撐不下去，就快彈盡援絕了。」

智秀：「那您知道陳玉英之前有帶慧明居士來過這裡嗎？」

德賢：「知道啊，那時候我在啊，你們跟慧明居士有什麼關聯？」

張炎：「我是慧明居士的弟子。您知道有關我師父的事情嗎？」

德賢：「陳玉英老師有帶慧明居士來過這裡，老居士說這裡的亡魂沒有度化，還有很多怨念在此處，所以那時他拿下自己的手珠，供在大殿的毘盧遮那佛前。德海住持很不高興，等慧明居士走了，就把那串手珠交給他師弟，就是那位五府千歲廟的乩童，要他把手珠放到納骨塔工地去。」

蔡老：「老居士就是不忍這塊地的亡魂眾生無法超生，所以才把自己的手珠留在寶安寺大殿內，當作是結善緣，讓他的功德力可以在寶安寺中運轉，發揮度化眾生的作用。把手珠放到納骨塔，如果被當成陣心，就會不斷消耗他的身體。」

張炎：「這不至於啦，如果師父遭人用法術設定，他可以斷除和手珠的連線，這樣就不會傷到。」

德賢：「對不起，其他的事情我都不知道了。」

張炎：「我們可以去看一下納骨塔的工地嗎？」

德賢：「那裏已經變成荒地，還被人傾倒各種廢棄物，我們已經無力去管了。」

走出寶安寺，德賢師父帶著眾人往後方移動，眼前看到的是蓋到一半的建物，外面還有亂七八糟的垃圾，還有一些大型家具拋棄在此。張炎忍不住哭了，這裡什麼線索都沒有，還散發著臭味。

蔡老：「回去吧，別難過了。」

灰暗的天空中，飛過兩隻喜鵲，張炎想在這裡停留一下，要眾人去寶安寺的服務台等著。她心裡想著：「這是師父曾經來過的地方，必然有師父的訊息，就算手珠無法尋回，我也要感測看看。」

張炎合掌唸著：「恭請師父手珠示現。」幾分鐘過去，四周靜默，什麼感覺也沒有。她耐心等著，讓自己的心定下來，突然在虛空中看到了手珠，綻放著光芒，旁邊有很多護法守護著。沒想到這個外部髒亂、傾倒廢棄物的空間，已不再是至陰至煞的土地了，地上湧出許許多多大小菩薩，慢慢變大停在虛空中，地上形成一片蓮池花海。

「這就是師父會做的事情！」張炎紅著眼眶，心裡述說著。

張炎不再難過，師父的手珠留在此處是最好的去處，讓亡者得以往生，不斷淨化著這塊土地，這是最好的結果。

38◆沒有姓氏的神主牌

張炎回到寶安寺大廳和眾人會合，便往下榻飯店，晚上眾人各自安排行程，有人早早休息，有人做晚課，有些出去逛夜市，約定第二天早上九點集合出發，前往仁德鄉拜訪阿元老家。

阿元當晚先回家做準備，第二天再回飯店和大家會合，負責帶路前往仁德鄉的老家看一下。

阿元之前有先跟蔡老講過，他說這幾年工作似乎欠缺一點運氣，每次升遷好像都差臨門一腳，屢屢擦身而過。論功績、考績，他都是表現很好的，偏偏長官另有愛將，或原本升遷都定案了，結果底下的新兵出差錯，害他沒升成。他二弟和女友訂婚，莫名其妙又告吹，感覺家運不好。所以藉著這次台南行程，想一口氣把文物店的高手都請來家裡鑑定一下。

阿元在前座幫著司機大哥指路，然後車子停在一棟透天厝前面，應該就是阿元的家。站在門口的長輩應該是阿元老爸，他靠過來先和蔡老握手，然後帶大家進去。客廳茶几上擺了一大盤的水果、點心，有熱茶可喝，也有汽水、咖啡等等。眾人在一樓客廳稍作休息，阿元帶著蔡老到家裡看看。
阿元提到，五年前幫家裡重新裝潢，把老爸房間換到一樓，免除上下樓梯的不方便；也買了新的神桌，連同祖先牌位一起更新，安在四樓佛堂。但聽老爸講，夜深人靜時偶會聽到一樓客廳有人聲喧鬧，但他起身一探就消失。之後阿元領著蔡老，一層樓一層樓看過，走到四樓小佛堂，那裏光線充足、空氣流通。
蔡老皺著眉頭，嘴巴嘀咕著：「怎麼他們都站在這裡？」然後便往神主牌前望去，但老花眼加上輕微近視看不出所以然來。
蔡老：「阿元，你叫張炎上來，請年輕人幫我看，我眼睛不好。」
張炎來到頂樓之後，蔡老要她看一下祖先牌位。
張炎看了一下：「奇怪，沒寫姓氏？為什麼會沒寫姓氏？」
蔡老：「你家祖先都站在外面，是誰來安祖先牌位的啊？上面沒字，你們都沒發現嗎？」
阿元往祖先牌位細看：「啊，真的耶，我們五年來都這樣拜啊！」
阿元的老爸：「害啊，我真是不孝啊，害祖先在外面罰站。那時候我買神桌、神主牌，店頭說會一條龍服務好，連同神像、牌位都會幫我安好。」
蔡老：「阿元啊，你點個香，在祖先牌位前稟明緣由，然後把牌位拿下來，也拿支毛筆或粗的黑筆吧！」

阿元照著蔡老的話，小心謹慎地把祖先牌位拿下來。

蔡老：「阿元，你寫吧！把姓氏寫上去。」

阿元：「我字很醜啦，不行啦！」

蔡老：「要不然是誰寫？看張炎要不要幫你寫。」

這時阿元的老爸靠過來：「阿元啊，拜託那位出家師父來寫啦！出家人有佛祖當靠山，請她來寫啊。」

張炎：「對對對，沒錯，我去叫智秀。」

智秀來到四樓佛堂，聽完原委，很阿莎力地說：「好啊，那就我寫。」

智秀師用黑筆慢慢地寫上「陳」字，寫完後，合掌念了「南無本師釋迦牟尼佛」，接著聽到「戚戚簌簌」的聲音，感覺很多影子衝進牌位。

蔡老：「好了，引進去了，智秀順利把你家祖先的魂魄靈識帶進牌位了。你們不要小看神主牌，那是家族的運程傳遞，透過祭拜、傳承香火，家運才會興旺。」

阿元拿了一個紅包給蔡老，蔡老轉給智秀：「你寫的，給你啊。」智秀靦腆地收下。

阿元面露歡喜，很高興能夠認識這群特別的人，幫忙解決了家中祖先問題，一切圓滿，老爸從此安心。他興高采烈帶著大家去吃素食餐廳，要好好謝謝大家。

眾人在餐廳圍坐在一起，蔡老高興地舉杯：「真難得的緣分，這還是大家第一次聚餐耶！」所有人都拿起茶杯，愉快地飲下。

鄭太和對著張炎說：「老闆，以後每個月要辦員工聚餐啦！」

張炎：「沒問題啊，我請大家吃豆花！」

鄭太和：「你這個小氣老闆！明明我們店就有賺錢！」

智秀傻愣地說：「我剛才的紅包可以捐出來！」

蔡老：「傻孩子，你把錢收好啦，他們是在開玩笑啦！」

午餐後，眾人搭上高鐵回到台北，順利地完成任務。

第八話・多情台商白孟瑤

39◆相伴十年無名分

十月上旬，因為公務關係，張炎要到江蘇江陰拜訪台商，於是託人轉介，認識了當地婦女會會長白孟瑤。張炎加上她的微信，先留言告知拜訪的時間和參訪團名單，很快便得到她的電話回覆。

白孟瑤：「很歡迎你們前來，到時來我的織布廠參觀，我請大家吃飯，邀請我的協會副會長、幹部來和大家交流。」

她表達了歡迎之意，但說話的口氣悶悶的。張炎委婉地詢問，是不是有難言之隱？或是剛才有講錯什麼嗎？

白孟瑤：「唉，實話實說，我先生一個月前過世，所以我情緒低落，我跟了他十年，但沒有結婚登記……。」

張炎：「那你的身分一定很為難。」

白孟瑤：「你一下就講到重點，確實是這樣，他的孩子對我有成見，我是在他媽媽臨終前就和他爸爸交往，現在我連回去為先生上香、做法事都不被允許，先生走了，未來我也不知道何去何從。」

原來，白孟瑤本是一家貿易公司老闆，因緣際會認識了開織布廠的鄭淳綱，據說他是反清復明大將鄭成功的後代。鄭淳綱二〇〇〇年到中國大陸投資設廠，賺了不少錢，又繼續投入生產，越做越好，在大陸共有七個織布廠。他的元配因為生病到加拿大休養，子女也都跟著母親，夫妻很長一段時間分居；元配過世的前後，也就是鄭淳綱七十歲時認識白孟瑤，兩人成為事業的好夥伴，生活上也互相扶持依靠。但從子女的角度來看，這位父親從年輕時即有許多緋聞女友，一個接一個，所以他們很難從善意理解，對白孟瑤照顧、陪伴他父親晚年毫不領情，反而認為霸占他父親、覬覦家中事業。

白孟瑤不是沒有危機意識，曾經要求給個名分，但鄭淳綱總是一拖再拖，最後推說：「只要我在你都別擔心；如果我不在了，記得去找我弟弟鄭淳義，他會幫你。」但在鄭淳綱往生後，白孟瑤去找鄭淳義時，才發現老頭子根本沒交代。

鄭淳綱在台灣過世的時候，白孟瑤從大陸搭飛機趕回台灣，但沒想到弟弟鄭淳義先一步把家中門鎖給換了，白孟瑤不得其門而入，想進家門上香也遭到拒絕。原來，鄭淳義也是隻老狐狸，不想外人來分一杯羹。

張炎：「你現在有會長身分，大陸官方會支持你，暫時還沒有人敢動你。但是你要趕快處理。」

白孟瑤：「我知道，我會注意。你這個人很特別，我們不過是第一次電話聯繫，有這樣的洞察力，我好想交你這位朋友！我先忙家裡的喪事，萬一我沒法接待你，也會讓副會長出面，請不要擔心。」

原本只是一趟公務行程，沒想到這個紡織界鬼怪故事才要開始。

錦繡織布廠二〇〇〇年投資成立，是當地最大的台資企業，工廠很有接待經驗，十一月初，張炎和主管、同仁前往江陰，白孟瑤早已做好準備等著。

工廠事先準備好口罩讓參觀人戴上，因為場內棉絮多容易引起過敏。從一樓的原料，到二樓一整排最先進的織布設備，機器發出隆隆作響的聲音，完全沒法聽到講話聲音，所以只能聽著大聲公的簡介，之後再到會議室做交流問答。

張炎和白孟瑤兩人一見如故，但因為公務場合，無法多聊；晚宴場合雖也輕鬆，但是不方便聊私事，兩人相約回台再敘。

40◆驟然離世淪兵卒

回到台北忙上一陣子後，白孟瑤邀張炎餐敘，想徵詢意見，到底要不要繼續接會長的職務，未來該怎麼做規劃。

兩個人在餐廳裡，才剛點完菜，張炎看到白孟瑤手上拿著念佛計數器，問起：「你是佛教徒喔？」

白孟瑤：「幫老頭子唸的。我希望他在另一個世界能保佑我！」

張炎看到鄭淳綱就站在白孟瑤後面，臉上一股黑氣，猶豫了一下，決定還是別說好了，不確定他是否願意聽到實話。

兩人邊吃邊聊，講到兒子鄭仰光對父親鄭淳綱的恨，竟然把父親的遺體送去解剖，實在匪夷所思。鄭淳綱本來心臟就不好，兩年前返台做心臟手術，醫生便叮囑還是要多注意休養。鄭淳綱走的那天晚上，傭人在家中發現他後仰倒地，腦部大量出血。法醫來家中勘驗，實無他殺嫌疑，家中也無任何損失，兒子卻還是堅持把父親送去解剖。

白孟瑤：「老頭子本來就有心臟病，很可能是心臟病發作走的，孩子堅持要解剖，怎麼會有這種子女，殘忍到不留個全屍？到底有多恨他父親啊？」
張炎：「他對父親有多少恨意，對你一分也不會少。」
白孟瑤：「老頭子什麼都沒交代，讓我現在處境為難，我好恨他喔！」
張炎：「不，孩子一定認為你這十年來占好占滿，得到了許多關愛。」
白孟瑤：「可惡的老頭子，什麼都沒幫我設想，未來我該怎麼辦呢？」
張炎：「他就在你旁邊，他聽見了，但他無能為力。」
白孟瑤哭了：「你感受到他在我身邊？真的嗎？你看得到？請你跟他說，想辦法幫我。」
請他託夢給他的子女或是他弟弟，要他們留錢給我。」
張炎：「你以為當鬼就會比較清楚嗎？當鬼就有超能力了嗎？與其寄望他，還不如請諸佛菩薩幫你。」
白孟瑤：「他走了半年多，我從來沒有夢見他，他到底有沒有真心愛過我？完全沒有照顧我，我好恨，他騙我，他好奸詐。」
白孟瑤傾吐心中的愛恨情仇，這頓飯吃得很晚很久，但話題就是沒有提到未來是否要繼續留在大陸，還是回台重新開始。但也無所謂了，張炎知道，白孟瑤撐持得很累、很辛苦了，先讓她舒緩情緒就好，其他再慢慢說。

晚上張炎回到家念了佛號，也禮佛回向給鄭淳綱，因為他的臉一團黑氣擋著，身上似乎有很多殺業，包括有不少的嬰靈現象。待念佛回向後，他的臉才清晰出現，但張炎只幫他清淨一部分而已，因為累了，而且有一點受到白孟瑤的情緒影響，不急著去處理這位自私花心的老頭。

連續兩天張炎做完日常晚課，順道回向給鄭淳綱，他身上黑氣消失，並向張炎合掌感謝。張炎問鄭淳綱：「鄭董，你到底有沒有留錢給白孟瑤啊？你想跟他說什麼嗎？」鄭淳綱像是呆滯般的毫無回應，怎麼會這樣呢？剛剛不還好好的嗎？還懂得合掌回禮，現在怎麼又變成死呆樣？張炎靜觀一下，發覺他身上好像有某種束縛，他的靈魂被困在某個暗黑空間，封住某些功能，無法傳達訊息，有話說不出。張炎心想再觀察幾天，等有空再處理。

後來張炎把這情況講給魏子健聽，林芳菲在旁聽了直搖頭：「給他吃點苦頭吧，不要救他。」

魏子健：「我確定鄭董被抓進一個空間，淪做兵卒。在他彌留狀態下，魂就給勾走了，收走他靈魂的『鬼怪X』可以掌控他，取其精氣神，直到毫無作用就被當成棄子。你小心一點，這暗黑空間的鬼祟不好處理喔。」

張炎：「知道啦，等脈絡清楚一點，我才會處理的。」

41◆度化魚怪及嬰靈

以張炎的個性，她是一定會處理的，但也不急在一時。既然鄭淳綱背後的「鬼怪X」控制他、利用他，那就先念佛、禮佛回向給他們，就做上五天的功課。以前老居士是這樣教張炎的，與其和這些鬼祟刀劍對抗，還不如轉為柔軟心，把功德力回向他們，他們得以提升、轉換，知道我們的善意，就會比較好溝通。

經過了五天，張炎覺得差不多了，可以幫鄭淳綱解離身上的束縛，她和魏子健約在店裡面處理。

她念了心經咒心後，鄭淳綱背後一條鍊子浮現出來，沒一會兒就斷了，算是截斷鄭董和背後的關聯。但依然還是看不出「鬼怪X」到底是什麼？只知道類似倩女幽魂的故事中，聶小倩被樹妖姥姥控制，負責勾引男人，讓樹妖姥姥吸取精氣的共生關係。

張炎繼續念佛號時，眼前現出一個情境，她看到了一個山洞，崎嶇蜿蜒，窄小難行的道路，地上濕溽，是個陰暗潮濕的地方。她發現洞內有一隻怪物半浸泡在水中，形似電影中的酷斯拉，身形壯碩，長得恐怖，身上有很粗的皮，全身有好多刺，身旁有數千個水泡狀魚卵，是牠控制著鄭淳綱。

張炎嘆了一口氣：「原來你也不好過！」

張炎注意到這個「鬼怪 X」被困在這個空間結界，應該是五天來張炎釋出善意，不斷念佛禮佛回向，牠願意現出原形，讓張炎了解整個情況。

魏子健：「牠已經等了數百年，因為作亂為惡，被有能力的修行者封在此處。修行者沒有殺牠的原因，有可能是因為這隻怪物是母的，身上有很多卵等著孵化，如果殺了怪物，等同殺了數千隻牠的孩子，那就是殺生。所以修行者把牠關在此處，讓牠不能出去做亂。而這隻怪物只能碰運氣地，靠著抓住一些低階的孤魂野鬼，操控他們來吸取能量，但憑牠的條件，從來遇不上任何正能量，所以牠身邊的卵無法孵化，牠也逃離不開。」

張炎念佛號回向給怪物，牠身上的粗皮退去，沒想到竟是一隻白金色的錦鯉，身上有些黑黑斑點，牠身邊的魚卵像泡泡一樣往上度化。隨後整個潮濕黑暗的空間瞬間崩毀，陽光燦爛地照射進來，好像得大解脫，牠帶著自己的魚寶寶自由地離開。

張炎：「怎麼這麼順利？那麼大隻的酷斯拉，怎麼轉眼就變成錦鯉？」

魏子健笑說：「太順利不好嗎？應該是你連續念佛、禮佛五天，每次回向給鄭淳綱的時候，同時也讓怪物接收到了，所以牠才會在要度化的時候毫無抗拒，溫馴接受。因為牠知道，禮佛功德力不僅有利於牠的解脫，百千卵子都可以獲得新生。」

林芳菲問：「那鄭淳綱自由了嗎？」

張炎：「沒有啊，剛才只是解決他被囚禁的問題，還得超度他身上十二個嬰靈，還有他過去所結的惡緣、冤親債主。」

林芳菲驚訝的表情：「怎麼有人可以殺死這麼多嬰靈？」

張炎：「我聽白孟瑤說，他年輕很風流，後來怕外面有小孩，會引起家庭風波，所以三十七歲時就結紮了，但在這之前應該和多個女人風流，以致殺死很多嬰孩，算算他八十二歲亡故，這些嬰靈如果活著也都是中年人了。」

張炎合掌念佛，回向給鄭淳綱身上嬰靈，只見孩子們雀躍地跳著，他們臉上看不出眼睛鼻子嘴巴，坐上粉紅色蓮花離開。

張炎：「他們臉上一片空白，沒有五官，可能是孕育成長沒多久便給做掉了。」

魏子健：「仔細看還是有耶，可以看到小小的嘴巴、鼻子。」

張炎搖搖頭，依然覺得鄭淳綱實在是個花心渾蛋。

42◆夢中相見許承諾

隔了兩天，張炎決定超度鄭淳綱了。由於先前已經度化了鬼怪、嬰靈，後續就快速多了。

鄭太和問：「老闆，鄭淳綱的死因，你有什麼想法？我自己姓鄭，我就很注意這件事。當你講到他是鄭成功後代，我就想到歷史上他和施琅的仇恨糾葛不清，我有查過，因為施琅不滿鄭成功領導，所以向大清投誠，鄭成功大發雷霆就把施琅的父親、叔叔、弟弟都給殺了。施琅發毒誓，要鄭的後代生生世世不得好死，兩家結下糾纏不清的恩怨。所以鄭董是不是被詛咒死的？」

張炎：「死因確實可疑，但這都是三百多年前的事情了，任何毒誓詛咒術法都會隨時間遞減其效。到底還有多少影響力，無法得知。」

鄭太和：「哈，原來是我自己愛穿鑿附會，多了點想像力，也許鄭董死因和施鄭兩家的仇恨無關。」

張炎：「與其去解施鄭兩家的怨念，還不如好好地開導他們自家人，不要為了爭財產，兄妹滿腦子執著怨念，這樣家運怎麼會好？只是我們說不上話，他們也沒有宗教信仰，我們就不介入。先超度鄭董吧！」

張炎先念佛回向，鄭淳綱從八十多歲蒼老模樣，轉為年輕，穿著青色道袍，呈現青年人帥帥模樣，往天空飛去，很有活力，非常高興，並向張炎頂禮感謝。之後現出另一個畫面，他穿著藍色道袍，站著讀書，很有氣質樣。所處地點像是北投行天宮那樣的戶外，在綠色的庭園中，他站在紅色道廟前念書，感覺他很高興，且很有體會，臉上充滿著單純的笑容，那應該是他心中信仰的宗教。

張炎把這幾天的處理情形簡單做了文字紀錄發給白孟瑤，她隨即打來電話。

白孟瑤：「真的很謝謝你耶，還好老頭子有遇到你。」

張炎：「只是我沒法幫你分到錢，那不是我可以掌握的。」

白孟瑤：「兩個孩子現在忙著分財產，還沒想到怎麼解決我的問題。他們家幾百億的財產，兩兄妹怎麼分都很有錢，為什麼要翻臉？我現在的大陸廠還有許多問題，他們放著也不解決。」

張炎：「你別回去大陸了，會長不是那麼好當，動不動就要愛心捐款，你口袋不夠深，當起來也沒面子，會成為跛腳會長。」

白孟瑤：「我如果回來台灣發展，我會隱姓埋名，不想讓人知道我這十年的蠢事。如果我有拿到錢，我一定會謝你，我會支持你的佛教文物店。他在汐止有兩棟漂亮別墅，很值錢，到時候一棟留給你。」

張炎笑笑：「我才不要，沒興趣，找麻煩啊！」

兩天後，白孟瑤打電話來，才講著幾句，她就哭了：「我做了一個很清晰的夢。老頭子來看我，那是他往生半年來，第一次入我夢境，而且非常的清晰，很真實，就像在日常生活中一樣，他牽著我的手，我還感覺到溫度。」

她接著述說夢裏情況：「我和老頭子在旁看著兩個孩子簽合約，孩子的旁邊站著很多人，包含有律師、見證人等，雙方在吵吵鬧鬧中完成分家。孩子簽約後各自離去，留下老頭子和我。

我問老頭子，那我以後怎麼辦？他就說，我娶你啊！老頭說，結婚以後，我會有特留份，不必再擔心下半輩子生活了！我一時還不敢相信，老頭子就說：『叫你阿姊來啊！』意思是要我姊來見證我的婚事。我在夢裡笑得很開心、好大聲。沒想到靠夭，好夢就這樣醒來！醒時才發現，老頭子在夢中承諾的『結婚、特留份』在現實中幻滅。怎麼會這樣？民間習俗有娶鬼妻，從來沒有說嫁給鬼老公，我活人怎麼跟死人結婚啊？」

張炎安慰她：「你老公現在是自由之人，所以他回來看你了，他用具體的方式來表達對你的心意，他還是愛你的，不是騙你的。」

白孟瑤哭著：「他真的到死還是有愛我，可是他要想辦法照顧我啊，我沒有錢啊！」

張炎：「你放寬心吧，等孩子吵完、分完財產，他們會來處理你的事情。這兩個孩子只想繼承財產，不想繼承事業，最後他們還是會倚重你的能力，再等一等吧！」

這是一個還沒有看到結局的故事，張炎處理了屬於鄭家和白孟瑤的聊齋故事，但是她無法回應、允諾到底白孟瑤可以得到多少錢，這還得看她的因緣福報。

鄭太和問起這件事情：「張炎，你這樣幫她，算是改變一些現象，如果她本來是拿不到錢，因為你而得到，你這樣做算不算是違逆因果？」

張炎：「我從頭到尾都沒有承諾幫她拿回多少錢。我的處理原則只有一個，圓滿白孟瑤和鄭家的因緣而已，至於怎麼圓滿，那是上天的安排。至少白孟瑤心中感到安慰，覺得老頭子最後來夢裡答應要娶她，她對鄭淳綱沒有恨，這就夠了。」

鄭太和：「老闆，我覺得你應該有看到那個數字。」

張炎：「什麼數字？」

鄭太和：「就是鄭家會給白孟瑤的錢啊！從現在算起到六十五歲退休，她一直想要得到後半輩子的保障。」

張炎：「就讓我放在心頭吧，她當然期望越多越好，然而我的數字也許不是她的期望值，不如不說。而且，沒有健康做靠山，有錢意義何在？」

NINE

第九話・超越時空　開啟連結

43◆外星靈的求救

魏子健和林芳菲的感情不斷加溫，兩人經常黏在一塊兒。從一起吃早餐開始，之後兩人窩在芳療館，過中午後，魏子健來文物店上班，如果林芳菲有空，她就拎著書過來伴讀，有時會帶著一些精油或工具幫魏子健刮痧或做實驗，東西就留在店裡面。

晚上張炎來到店裡面，看著角落邊的物品，問鄭太和：「這是阿菲的東西嗎？」

鄭太和點點頭，把他們熱戀、互相伴讀的情況大致形容一下。張炎覺得有點不妥，因為靈療容易感召一些外星靈、天人、精怪等等，把靈擺放在佛教文物店不太理想，客人看到也會覺得很奇怪。

張炎：「我會再跟魏子健說，你先把阿菲的東西收一下吧，拿個盒子裝好。」

鄭太和找了一個空盒，交給張炎：「老闆，你來放，我不碰，我不想半夜睡醒突然看到外星人ＥＴ、異形之類的。」

張炎笑出來，但她可以理解，所以自己動手把書本和靈擺、心靈圖卡、芳療心靈指引卡之類的物品裝進盒子裡。

這天晚上，張炎睡覺時，模模糊糊聽到有個聲音：「鬼王，幫我！」

張炎起身，感覺不出有什麼異狀。她的雞婆個性使然，所以合掌探測一下情況，突然出現一陣物換星移的感覺，穿越了時空，瞬間張炎來到一間老公寓。一對年輕父母親準備要自殺，但還有個嬰孩得照顧。年輕媽媽抱著孩子，蹲下來懇託，示意要張炎把孩子帶走。

雖不清楚發生什麼事，但可以推測聯想，這家人應該是觸犯什麼禁忌，導致只有死路一條。父母親一副死不足惜的神情，但他們不想牽累到無辜的孩子，至少放他一條生路。所以他們打算把孩子交給張炎後選擇自殺，以免遭到凌辱受難之類的傷害。

張炎問：「你們可不可以不要自殺？」

媽媽的堅毅眼神，透露著她根本不在意自己的死活，只求儘速把小孩交給張炎，能保孩子就夠了。

張炎還沒有釐清現象，瞬間物換星移，又回到原來的空間，活生生的、清醒地在家裡面，睡意全消。

「為什麼是準備自殺？表示還沒有發生，他們不是鬼，不是死去的靈魂，還是活生生的。」

張炎努力拼湊事情原委，從剛才空間移動的感覺，他們不是這個娑婆世界的眾生，是其他世界、空間的生命靈體。

「該不會是昨天晚上接觸到林芳菲的東西，她一直在接觸高階靈、外星靈，所以透過靈擺之類的傳遞訊息過來？」

張炎想了想，如果這是「自殺之前」的求救訊號，那表示他們還沒有死，如果不需要超度，那接著要做什麼？

張炎努力想著，到底該怎麼解決問題？他們希望託付孩子，然後在生命受到威脅之前自殺。那最好的辦法就是讓他們一家三口遠離威脅，傳送到另一個安全時空。但張炎又不是在演科幻影集Star Trek，既沒有開著企業號飛船，當然也不可能帶著他們做空間跳躍，該如何遠離危險呢？

張炎決定回到公寓場景，重新了解現象，合掌頂禮後隨即來到現場，這時感覺有一點不同了，他們是長著貓耳朵的靈魂，具有人形，身體呈現中空透明，這應該才是他們的原形。一開始以人類樣貌出現，是不想讓張炎有太多的驚嚇恐慌。這時張炎意識到，他們應是很高階的修行者，把訊息傳遞到地球。

既然是外星靈體，那就比較好處理了。雖然不是度亡，但作法上應該沒有不同。舉例來講，惡鬼眾生本身就只剩下靈體，從刀山油鍋的地獄換到阿彌陀佛的蓮池花海，都是空間的轉換。其實，在修行的過程中就會發現，佛法中講的佛國淨土，算是宇宙星系現象。外星靈也可能是來自三十三天的天人。

張炎念了佛號回向給外星靈，以佛菩薩聖號的功德力，讓他們順利離開既有的空間，送到他們想去的世界。做完功課以後，張炎感覺氣回到頭頂正中，心輪也呈現溫暖，表示順利解除一家三口的危機。

幾天後，張炎對林芳菲說起這件事情：「外星靈應該是透過你的靈擺傳遞訊息。但你身為靈療師，還是要多注意，不要讓你的身體從此成為外星靈的轉運站。今天幸好只是來求救，如果遇上不好的外靈，他們會侵入你的神識，你再也不是你。天下沒有白吃的午餐，你召喚他來，你就要還他。」

林芳菲點點頭，表示會注意。接著她拿起靈擺盯著，沒想到自己使用了那麼多年毫無感應，連魏子健經常在旁邊看著也沒有引動出什麼現象，張炎一碰就引動這個故事，竟然真的連上外星靈了。

只見林芳菲神情一變，停格了幾秒，口中說著：「鬼王，謝謝您！」那語調、口氣、講話速度都不一樣。待林芳菲恢復到原有的神情，開始莫名其妙地哭。搞不清楚她是受到驚嚇，還是如何。

張炎聽不太懂什麼「貴王」，心想明明窮得要命，一點都不高貴，但是至少確定他們平安了。

青鬼、赤鬼在旁偷笑，覺得這個鬼王反應有夠遲鈍，到現在還想不起過去，好在她該做的任務都在進行中，沒把路走偏，算是不錯了。

44◆狐狸多疑難超度

店內來了一位客人，是同門師兄李景安，他的念珠斷了，想交給張炎重串，並問何時能夠取回？

張炎：「我很想今日事今日畢，現在就幫你重串，但這都已經發黑的珠子承擔許多求超度眾生的業障，以及著相的執著修行者亡魂。所以我一拿起這串念珠，頭昏目眩，身體痠麻。這串念珠需要進廠好好維修，沒法現在給你啊！」

李景安臉紅起來：「真丟臉啊，我竟然把佛珠念成這個樣子。」

等李景安離開後，張炎問了鄭太和：「這串念珠上依附一隻狐狸精怪，你要不要練習超度？」

鄭太和躍躍欲試，反正有人當靠山，儘量練習，不必怕。他合掌之後，然後就停在那裏。原來，他緊張到忘記順序，經過提示後，他重新開始做。

張炎：「鄭伯，那狐狸不想接受你的度化耶，可能你滿腦子都在想下一步要做什麼，牠沒辦法感受你的誠意。狐狸先天屬性就是狐疑，你如果無法讓對方感受到誠意，牠就會跑掉。」

鄭太和：「牠跑掉了，那很好啊，念珠就清淨了啊！」

張炎：「很抱歉啊，狐狸現在依附在你身上了啊。這樣也不錯，以後你舉手投足充滿狐媚，很有人緣喔！我們生意就會很好喔！」

鄭太和：「你不要這樣挖苦我啦，趕快幫我解決啦！」

鄭太和靜下心來，慢慢地念佛號，展現出最大的誠意，對著小公狐狸說：「請您接受諸佛菩薩度化，離苦得樂往生極樂。」狐狸坐下來，然後慢慢轉化成人形，最後坐上蓮花離去。

鄭太和：「成功了嗎？有坐蓮花走了嗎？」

張炎：「有，很順利的喔！師兄不錯喔！」

鄭太和問：「以後我要是遇到狐狸，或是什麼蜘蛛精、蟾蜍怪，我就直接和牠結善緣，強迫送牠往生極樂世界嗎？」

張炎：「從恆順眾生的角度來看，你能送牠往極樂世界是牠的福報，牠可以脫離狐狸之身。」

鄭太和：「所以你只要看到就度化嗎？」

張炎：「當然不是啊，我不會這麼強迫中獎啦，而且有時候不在自己的地盤，千萬不要這麼做。」

張炎說了一段小故事，有一次她和朋友前往文人雅士推薦的禪風料理餐廳，遠在南投深山，菜色頗具創意、景色怡人，但兩個多小時下來，眼睛都張不開了。

如果這裡真的是好山、好水、好料理，不就應該讓人心曠神怡、洗去塵勞嗎？怎會讓人雙眼越來越迷濛？所以藉著上廁所之便，起身走走瞬間腦袋就清楚了，回神後，張炎嘲笑自己：「我怎麼去狐狸家作客了！」

狐狸，是最愛修行的，聊齋誌異當中的主角，不乏許多嫵媚又脫俗的狐狸精，或者舞文弄墨的狐仙。這片山林裡本來就是牠們的生活空間，業者把餐廳開在山上，自然變成人狐同處的現象。

張炎：「既然是自己踏上門來，不是我的主場，當然要識時務為俊傑，別以一擋百了！」

鄭太和聽完這則故事莞爾一笑，「原來是這樣，明白了。」

45◆念珠的選擇

張炎重綁李景安的天竺菩提念珠，先念心經解離上面的法我執相，讓念珠重現它的空性；接著念地藏王菩薩聖號回向給依附在上面的亡魂眾生。林芳菲在旁邊看著，覺得程序太麻煩。

林芳菲：「你為什麼不撒點海鹽，陽光底下曬一曬就好，那些賣水晶的人，都是這樣教的。」

張炎：「如果上面沒有依附亡魂、沒有法我執相，是可以這樣處理。」

林芳菲：「別人又感覺不到，而且我看你還幫他把水晶隔珠換了。」

張炎：「因為看起來濁濁的、不清澈啊！佛頭也裂開了，都要換新的。」

林芳菲：「他的念珠又不是跟你買的！」

張炎：「結個善緣吧，一方面是同修情誼，另方面看著依附在發黑念珠上的亡魂眾生，我會很難受，就念佛超度吧！重綁以後的念珠，變得亮晶晶的，我也很有成就感啊！」

林芳菲：「我也可以自己串念珠嗎？」

張炎：「當然可以，記得用恭敬心、清淨心來綁念珠。千萬不要認為串起來就好，這是一項自我檢視的功課。如果念頭太重，即使綁得很漂亮，念起來還是會讓人不舒服。反過來說，只要讓人念起來法喜充滿、心開意解，就是好念珠。」

林芳菲：「我想幫自己綁一條念珠，應該選什麼材質呢？越貴越好嗎？」

張炎：「你開芳療店，可以選用水晶；另外，不是越貴越好，重點是要看順眼，覺得喜歡，能和你相契。」

林芳菲：「怎樣叫做相契？」

張炎：「就是心意相通，彼此產生共鳴。例如念完佛號以後，你神清氣爽，佛珠也閃閃發亮，一起提升了，這就是相契。不相契，就是它不理你，不接受你。」

林芳菲：「會有這種事嗎？我買下它了，我就是主人，它要聽我的啊！就像我買了神獸一樣，牠就要為我工作。」

張炎：「不，不是這樣的。我把我的經驗講給你聽。有一次我去建國玉市採買念珠材料，因為不想買一整條的珠子，所以在一家專賣散珠的攤位上挑了幾顆蜜蠟、青金石、藍琉璃、白玉、老硨磲。買的時候，我知道這些都是別人修行用過的東西，但是費用較省，我覺得撿到便宜，以為應該可以用。回到家裡，我做了一些功課，清淨這些散珠，後來就去睡了。

睡夢中，自己陷入了一個暗黑空間，一群張牙舞爪、五顏六色的鬼怪對我攻擊。我念佛號閃避攻擊，持續了好一陣子，驚醒時還念著佛號。醒後回想，夢中五顏六色的鬼怪應是來自散珠，或許因為它們前任主人與我修的法不相契，或者說不肯認我是主人，便在夢中對我攻擊。既然如此，我也不願勉強它們，便用紅包袋把這些散珠包起來。我就向它們頂禮，念佛祝福它們，等待有緣人。」

林芳菲：「看來珠子都有靈性，最好使用新的珠子，別人用過的珠子要先清淨，不契合就不要勉強。」

張炎從抽屜拿出一個盒子給林芳菲看，說：「你看，這盒內的數百顆天珠，並不是我刻意去買的，而是天珠主動要跟我的。」

林芳菲：「真的嗎？什麼叫主動跟你？這裡面有好幾顆都很漂亮啊！」

張炎：「這當中有一段故事。有一次我去建國玉市，走到某個攤位買了水晶之後準備離開，隔壁攤賣天珠的老闆喊住我，請我幫忙開市，他說一整天都沒有賣出任何東西，請我隨便買一點。我看了一會兒，卻沒有購買的念頭，因為我不懂天珠。可是他把盒內一整堆數百顆小天珠拿給我看，說只要一千五百元。我說我不需要，老闆使出三寸不爛之舌拜託，旁人也慫恿說，整堆天珠中挑出十來顆漂亮的來串，就值回票價。我說不過老闆，只好掏錢買下。

老闆看我好說話，又端出另一盤裝著較大顆的天珠約有四、五十顆，算我兩千元。我實在不知道買這些天珠到底要做什麼？他說這些剩下的天珠一直賣不出去，想要出清，拜託我把這批天珠全都帶走，下週他去大陸會攜回一批新的天珠。於是我半推半就把這些天珠全部帶回家，就當作是意外的緣分吧！

回家後我先做功課清淨天珠，之後拍了幾張照片發給魏子健，他說有幾顆的能量還不錯，感覺挺有靈性的。後來又補上一句，那堆天珠上面有很多護法，它們應該是有心跟你，才會讓老闆用這種價格賣給你。

後來我去大陸出差，都會帶著它們在下榻飯店開陣，請它們出馬幫我清淨房間。操練過幾次後，覺得它們個個是尖兵，之前處理婆多贊那個案件就是用它們開陣的。這些大小天珠現在都閃閃發亮、活力十足，讓人越看越歡喜。

林芳菲：「好神奇耶！這些天珠現在應該很有價值，可以賣很多錢。」

張炎：「不！這些是非賣品。應該這樣說，水晶、天珠這種有能量的助道品，是會挑主人的，我們應該珍惜這個緣份。」

46◆念佛要像春風吹拂

自從發生了外星靈求救事件後，林芳菲最近有點改變，她開始認真念佛，一方面比較符合魏子健的期待，另方面她害怕自己身體被外星靈入侵，所以手上拿著念珠轉著轉著。

林芳菲問魏子健：「到底佛號要怎麼唸？大聲唸？小聲唸？心裡默念？國語唸？台語唸？」

魏子健：「都可以啦，只要可以和諸佛菩薩相契，就可以啊！」

林芳菲：「那遇到鬼是要大聲唸，把他趕跑？還是怎麼樣？」

魏子健：「如果頑皮鬼來找你，讓他們來找我就行了。如果是很兇的鬼，請他們去找張炎，三兩下就被張炎給轟出去！」

張炎瞪了魏子健一眼：「你再亂講，我也把你轟出去！」

魏子健：「你看吧，她就是很兇，沒人敢惹她！」

笑鬧之後，張炎解釋，面對越兇惡的鬼，要越慈悲、越柔軟才能順利完成度化，像春風吹拂一樣，就得度了。

林芳菲：「怎麼是這樣？為什麼像春風？不是應該要更有爆發力、震撼力嗎？」

張炎：「那我講一個八、九年前，我去四川看汶川大地震重建的故事。」

張炎講起二〇〇九年的故事，她陪著主管去四川成都，表達對川震受害人的關懷，以及瞭解重建進度和捐款運用情形。

那場地震到底死了多少人？據官方的正式統計是五萬到六萬人。但非正式的統計，約有十萬人左右，因為挖不到屍體，整個鎮都不見了，根本無法計算。

張炎：「那時的我嚇死了，不知道該用什麼樣的心情去面對？很怕啊！怕晚上有數不清的阿飄來找我超度，所以出發前就去問師父。」

師父說：「你在擔心什麼啊？他們來找你，是對你的肯定，不用怕。你只要用慈悲心面對就好，不在於念多少聲佛號。」

抵達四川成都之後，按著大陸官方的安排，先參加重建說明會，了解進度和善款使用去處，最後前往實地參觀，那是張炎最擔心的。全團來到了映秀鎮，那個鎮死了五千人，太多的殘骸已經無法一一立碑，經過了一年，土地上長著綠草，黃土之下是五千條人命。

眾人在映秀小學哀悼亡者，靜默肅穆中，看著成片倒塌的房舍、校舍，體察著眾生在地震那一刻的垂危掙扎、瞬間的驚恐。來不及完成的事，還有想見的人，都隨著生命消逝成為遺憾或成怨念。

張炎：「師父要我做到感同身受，自然流露出慈悲心，戰勝心中的恐懼，我覺得很難，也不知道該怎麼面對。等到晚上我開始做功課，面對十萬條亡靈，一直以為會有驚天地、泣鬼神的景象，但我一而再、再而三感受到的，就是綿綿細細無邊無量的能量，像春風般柔和地吹拂。」

原來，飄盪的靈魂眾生這麼可憐，他們需要慈悲關懷，尋求一條通往光明的路徑，在春風中重生，在綿綿柔細的能量流中得到解脫。

張炎：「我一直擔心著自己，想著如何武裝自己，怕被鬼纏住。其實他們只是無助的眾生，反而是他們幫助我了解什麼是慈悲心。」

林芳菲點點頭表示理解，念佛要像春風吹拂一樣。

47◆出現不解的圖騰

有天晚上蔡老和吳迪醫師在店裡聊天喝茶，提到了魏子健的眼通和工作態度，講著文物店的問題。

蔡老：「我覺得魏子健對張炎很不客氣，沒把她當成老闆，好像這個店是他撐起來的。張炎也是太倚賴他，所以他講話就越來越沒禮貌。」

吳迪：「他就是那樣，所以一直停在那裡，沒法再進步啊！」

蔡老：「最近張炎會看到一些圖騰符號，她去問魏子健是什麼意思，第一、二次還會跟她說。但他之後就不願意再幫張炎看了。」

吳迪：「我猜，看到張炎進步了，魏子健心裡吃味了。」

原來幾天前張炎睡前看到前方兩公尺處，有一閃一閃的符號，很奇怪。想說是不是眼睛花了，又用手遮住雙眼，發現符號還會出現在眼底。關掉電燈，黑暗中反而更清楚。那些點點的符號是什麼意思呢？

張炎去找魏子健解答，魏子健一開始也看不出所以然來，後來他頂禮之後出現幾個字「如來大義返無虛空法本」，還有咒語音出現。第二天，又出現「三」的符號，魏子健頂禮之後出現的文字是「虛空藏正眼如來法」。張炎有點興奮，還想再問下去，但魏子健表示頭痛、累了，不方便再看。

第四天出現四個矩形方塊排成一列，後轉成田字型，不停閃爍，出現「壇達多」的發音。

第五天出現類似英文字母「M」的字。張炎再去問魏子健卻碰到軟釘子，要張炎自己閉關體會，不要問他。

蔡老：「魏子健雖然厲害，但張炎一直都在進步，他感覺張炎已經超過他了，就不想幫她看了。」

吳迪：「其實張炎該自立自強了，不要靠魏子健。而且魏子健也不可靠，他桃花斬不斷，還沾沾自喜，這會影響修行路。」

蔡老：「對，魏子健只要看到漂亮的女客人，就會留對方的Line，很熱心要教對方太極拳、松鶴延年功，然後約對方出來。他常洋洋得意，說自己有很多桃花粉絲。」

吳迪：「看不出來耶，聽鄭伯說平常他對客人都很冷淡，原來對漂亮女客人還是有熱忱。」

蔡老：「從客人當中尋覓伴侶，也不是不行，但他這樣子有分別心，冷熱大小眼的，不好啊。」

某天晚上，蔡老看著張炎作筆記，拿著很多支有顏色的筆畫來畫去，張炎把那些圖案一個一個記錄下來。若有所思，又有點煩悶、失落的樣子。

蔡老：「丫頭啊，放輕鬆啦，那些圖案我是不懂啦，但我想應該不是壞事。」

張炎：「我先把這些圖案畫下來啦，就算現在不懂，也許以後就懂了。」

蔡老：「魏子健已經不幫你看了，你應該用自己的方式去找答案。」

張炎：「我知道啦，我得再精進的。自己當老闆如果沒本事，等員工拿翹的時候就沒轍。就像開餐館，如果老闆沒有三兩下廚藝，大廚說不幹的時候就麻煩了！」

48◆平行世界、無藏連結

張炎思索著，到底是誰在傳遞訊息給她？如果只是一兩次偶然擷取到符號，大可不必花腦筋去解讀，看過就算。這次是第八個，應該是有訊息刻意要傳進來。這些圖騰有個特點，只要張炎紀錄下來了，它便會自動消失。沒記清楚之前，它會一直等著讓她看清楚。

回到家後，張炎拿著畫好的圖騰筆記本，一個一個合掌頂禮，再靜坐感受，好像經過了二、三十分鐘。張炎感覺有人呼喊著她，有一種熟悉的感覺，就像她平常放空、放鬆念佛時散發出來的氣息。那一閃而過的感受，讓張炎震驚。「啊！是我自己！是另一個時空的我，他傳遞信息給現在的我！」

突然就接軌、連線了，張炎有點激動，想著「那個我長什麼樣子？」念頭過去，便看到對方的臉，是一位男性長者，有皺紋，他叫藍光，看起來已經近百歲，身體半透明。也許那個空間的人，壽命和娑婆世界不同，又或許只是個能量流，不具有人身實體。

張炎感覺整個頭頂有大量的資訊、能量傳輸、灌頂進來，不是一束一束的感覺，而是一整片貫串下來，頻寬非常大，跟諸佛菩薩的加持又不一樣。即使上床就寢，仍舊大量訊息輸入進來。是藍光把他的修行經歷、體驗做成壓縮檔，一件一件投遞。

藍光用意識和張炎溝通：「我所處的地方叫做達倫多星系，這裡距離你的世界非常遙遠。這個星系再過不久就要毀滅，我即將離開了，所以把自己的經歷體驗投遞給你了，你可以解封，一一去體會。但其實你已經修習得很好，如果沒有接收到我的訊息，幾年後你也會突破限制，連線上累劫的修行能量。」

這份奇妙的經歷，讓張炎覺得自己「有可能瘋了」、「是走火入魔了吧？」怎麼和另一個世界的自己對話？但是沒有不好的感覺，所以仍把這段經歷先紀錄下來。

經過了幾天，張炎接到第九個圖騰，它像人型跪拜狀。張炎畫下圖案之後，靠上椅背，讓自己放鬆。這種方式竟也能自動解碼，張炎像是進入了黑洞，但是一會兒便覺得無法再向前，張炎合掌自淨其意後，又往前穿梭在星系中，點點的星光快速往後，從一個黑洞進入另一個黑洞，身體的負能量都在黑洞中給吸納。接著又停下來了，張炎感覺藍光與他同在，卻又沒有任何動靜。沉靜一陣子後，藍光說話了。

藍光：「我原本要離開星系了，但想到應該帶你見我的上師。」

張炎：「那現在呢？」

藍光淡淡地說：「你自己體會。」

凝滯一兩分鐘，張炎想著，或許應該要從那個圖案來推想，於是比照圖騰跪拜狀，合掌、雙膝跪下。突然一陣又柔又鬆、徐徐緩緩的能量從頭頂灌入。「是誰為我灌頂加持？」張炎知道那不是藍光傳遞過來的能量。這綿綿細細，鬆柔溫暖，無量慈悲加持，彷彿慈父手按在頭頂，有一種親切和熟悉。「啊，是師父！師父！」張炎不斷地哭，可是她什麼也看不到。

原來和慧明師父的緣分，早始於不同的星系時空。張炎眼淚一直流下，越來越確認這份感覺，是一種溫柔、呵護的力量，是師父對弟子的鼓勵與關懷，綿綿細細地自頭頂而下。是藍光引領她遇見累世的上師慧明居士。加持近五分鐘後，張炎逐漸回到當下。

張炎想著，那些圖騰應該都是藍光的修行法本，然後封印起來壓縮成圖騰符號，投遞到未來，適當的機緣下開封解密。又也許是張炎、藍光在平行時空中各自生活著，並且互相聯絡著，共享著雲端硬碟。

張炎突有所感，或許她和慧明師父都是時空旅人，由此處到彼處都是因緣生滅，該來的時候來，該去的時候離去。如果有下個任務等著去完成，那此生此處也就不須多逗留了。所以師父的死因已經不重要了，他已完成此生既定的任務，本就可以隨時隨地就走，剩下的是弟子的功課，因為師父引進門、修行在個人。

張炎問著：「師父，您現在在哪個星系呢？那裡是不是有很重要的事情，所以您放下了我們，趕往他處呢？」四周靜悄悄的，無聲無息，沒有答案。張炎流著淚，回憶著師父慈祥面容和過去種種。

青鬼、赤鬼在旁，但是沒辦法回應張炎的問題和心情。

青鬼：「鬼王她很無助耶，我們應該要給她一點鼓勵，暗示她做得不錯，要繼續努力。」

赤鬼：「是啊，她腦袋有一點清楚了，透過藍光連上無藏連結了、也與累世的修行上師相遇。現在是要放煙火？還是放喜鵲？要不然怎麼鼓勵她。」

青鬼：「用 Line、用微信，用科技來解決，我們發張喜鵲的圖片給她。」

赤鬼：「虧你想得出，別亂來啦！」

這時張炎手機響了，收到久未連絡的人發來的喜鵲照片，說是傳遞幸運、幸福。這問候來的真有點突兀，但何妨呢？看了就會有好運，張炎會心的笑了！

青鬼：「我說吧，主子很單純，這樣就會高興了！」

青鬼、赤鬼在旁邊得意的笑著。

第十話・水族眾生的悲歌

49◆診所內的紅龍魚

法師長蔡老來到台北和他牙醫兒子住在一起，但他經常覺得無奈，無法融入兒子家庭生活。尤其兒子、兒媳都覺得「法師長」是個不體面的工作，怪力亂神，與他們學醫的科學人天差地遠。所以蔡老才會經常去光明佛教文物店，在那裏取暖，也比較有話聊。

這天蔡老和兒子吵架，兒子嫌蔡老對五歲孫子常講不科學的話，偏愛講鬼故事給小孩聽，而不講小紅帽、三隻小豬、白雪公主之類的童話故事。

蔡老不高興地罵：「我哪一點沒教好？小孩子懂得敬畏鬼神，才會心存正念。你讀了一點書就自以為是，覺得厲害。你那些病人有一半以上根本都不用治療，明明都是卡到鬼，清一清就好了，根本不用拔牙齒，你這才是騙錢！」

兒子聽了超級火大：「你少在那裏胡說八道，你去講給我客人聽啊，誰會相信？牙齦發炎了、蛀牙了，跟鬼有什麼關係。」

蔡老心情不好，自然是來到文物店，堂堂法師長，在澎湖受人尊重，來到台北，特別是兒子家裡，卻毫無地位可言。

張炎想了想：「蔡老啊，我最近剛好牙齒痛，要不然我去你兒子的診所治療，我說是你介紹的。他如果知道我是富貴銀行的經理，他會知道你交的朋友也是有一定水準。」

蔡老：「不用啦，我那兒子已經很討人厭了，你不用刻意去啦。」

張炎：「不會啦、不會啦，他認識我之後，以後你們有事情我也可以居中協調，你們就不會直接吵起來了，多一個中間人比較好啦。」

兩天後，張炎到「蔡振國牙醫診所」看牙去，蔡老早早就在店門口等著，他怕張炎找不到，所以站在門口方便相認。

診所內很乾淨，有兩張專門治療的躺椅，現場放著輕音樂，還請了一位牙醫助理幫忙掛號。聽蔡老說，兒媳婦大概在八點過後，把家裡打理好了才過來幫忙。

因為還沒輪到張炎，蔡老就坐在一旁陪她聊天。兩人看著診所內的大魚缸，內有一隻很大很老的「白色紅龍」，這是蔡老兒子養的，身長大約有四十到五十公分長，已經養了有七、八年了。看牠在魚缸一點都不悠游，迴旋的空間太小，不能隨意迴轉，想要轉身得順著魚缸走直角。

張炎看著紅龍魚，無心講了一句話：「你這樣也太勉強了！」

蔡老聽了：「你這夭壽孩子，你講的話牠聽進去了。牠跟你頂禮了！」

張炎：「啥？我只說『你這樣也太勉強了』，現在是怎樣？」

那天看完診後，張炎完全記不得自己是怎麼和蔡振國牙醫互動、打招呼的。此行的目的，本來是要擔任蔡氏父子的中間人，希望他們好好相處，有話慢慢講或透過張炎轉達，但她當下腦海想的都是那隻白紅龍。

五天後，蔡老打來電話：「你這丫頭，一句話就讓白紅龍死了。今天早上牠翻白肚了，是你勸牠上路的，你要度牠，牠在等你喔！別說不是你的責任耶！」

鄭太和問張炎到底發生什麼事？張炎就把當晚看牙醫的情形說了出來。

魏子健從另一個角度安慰張炎：「如果是因為你講了那句『你太勉強了！』的話，那表示牠有靈性，牠知道你會幫牠超度，所以敢選擇死亡。甚至說，這就是牠等待的緣分。」

鄭太和：「老闆大人，你本來就和水族眾生特別有因緣，所以牠知道你會幫牠的啊！」

張炎心想是這樣沒錯啦，自己確實度化過非常多的水族魚蝦等眾生。但她還是提醒自己，修行人的念頭真的要很小心、很小心！

張炎：「我現在去幫白色紅龍做超度，店交給你們。」

張炎念了佛號，回向給白色紅龍魚，念畢轉為一條龍，從虛空中離去。

魏子健：「我看到牠上去了，變成白鬍子老公公離開了。」

張炎愣了一下心想：「啊？怎麼是白鬍子老公公？不是白龍嗎？我看錯了嗎？」

50◆與水族眾生的因緣

張炎和水族眾生有特殊的緣分，主要起自二〇〇九年，她看了一部好萊塢電影《2012》，講的是馬雅預言：二〇一二年的十二月二十一日將是世界末日。為什麼會世界末日？因為那年將出現「天體重疊」的現象，使得地球在引力牽動、能量改變的情況下造成失衡，產生規模十級以上的地震、海嘯，地球將成汪洋一片，所以打造了現代諾亞方舟，估計只有四十萬人可以搭上，他們將成為地球殘存的人類。

看完電影後，張炎睡前在床邊坐著念上三圈佛號，邊念佛邊覺得冷，還打了噴嚏。明明穿了兩件長袖，還是直發冷，「怎麼背後都水水冷冷的？」張炎用手去摸後背，明明就是乾的。換件衣服再念佛號，身體又是水水滑滑的感覺，就像穿著溼衣服緊緊貼在背上，用手觸摸確認，身體是乾的、衣服也是乾的。

張炎想不出緣由，繼續念佛做功課，此時突然現出景象，令她大驚：「嚇人啊，電影的情節景象突然出現，虛空中出現許多魚、還有許多沒見過的海洋生物。」電影固然是假，但劇情撰寫過程中，可能帶入某些訊息，把某個空間眾生遭到水禍滅絕的現象寫入，透過電影傳達出來。

由於當天已晚，張炎沒有處理，遲至假日才來度化，但她一直無法進入那個滅絕的水世界。經過了四十分鐘，念了觀世音菩薩、大勢至菩薩聖號後，張炎才得以進入。她看到一個女水怪，在淺綠色的水底游來游去，外型是人魚，但長得很恐怖，頭髮很長很長，她手上還拿個魚叉。但她沒有敵意，帶著張炎往前，經過了黑暗處，有一些殘存的訊息，幽暗的水底，微光中看出建物的殘骸等等。女水怪停下來，張炎注意到周遭還有其他眾生存在，他們對著張炎合掌，但這一幕幕畫面超出張炎的認知與信心，於是陣前逃脫，不敢處理。

張炎把自己的恐懼講給慧明居士聽，老居士笑答：「他們會來找你，就是認定你可以幫助他們，就用你的方式先試試看。還有，心之所至，自然而然就可以到了現場，不必設想如何定位時間、空間。」

拖延了四個月，張炎終於克服心理障礙，按照師父的教導，迅速來到異世界的海洋空間，那暗黑的廢墟中，女水怪和其他水族眾生仍舊等著。張炎念佛回向後，女水怪變成人形，後又轉成金龍，飛騰而去，而水世界的其他眾生也得以超度。

經過這次的經驗，張炎背後的護法就多了很多水族眾生，成為特殊的因緣連結，這也使得她吃海鮮時特別敏感，才咬一口生魚片鮪魚肚，就看到整隻魚在虛空中迴游不走；吃月亮蝦餅後，手臂隱隱出現魚鱗甲殼紋路。

張炎問：「師父，我到底該不該吃牠們呢？」

慧明居士：「如果你是那隻魚，你會希望此身可以供養給誰吃呢？不就是想獻給有德行的人嗎？但偏偏有德行的出家師父不吃，只能仰望有度化能力的人來吃。所以你吃眾生肉，要用感恩的心，然後念佛回向。」

51◆困在高樓裡的鯨豚

有一回店裡面來了位客人，走路姿勢怪異，近看時發現嘴角有口水泡泡。

客人：「老闆，我不知道卡到什麼了，有時感覺渾身灼熱，有時覺得自己全身濕冷，冷到發抖要穿外套。我以為我是破傷風，但我又沒有傷口。」

張炎：「大哥，你卡到螃蟹、龍蝦啦！你最近是不是去吃海鮮？高溫烹煮龍蝦，活體料理。嘴角有口水浮沫，你橫著走，根本不用看，就知是螃蟹精怪。」

客人：「老闆你真神耶，上週我和家人去富基漁港吃海鮮料理，我們有點龍蝦、螃蟹這類的。但我又不是第一次這樣吃？」

張炎：「不管是第幾次，遇到了就處理吧。」

客人感謝張炎的處理，而原本在客人身上的魚群精怪、螃蟹龍蝦都轉移到張炎背後當她的水族護法。

後來張炎有回讀著嚴長壽先生撰寫的「為土地種一個希望」，描述的是對台灣花東地區的愛與付出，書中描述了一群志工天使，為原住民帶來改變，給他們一條回鄉的路，以及留鄉的理由，為花東這片土地種下希望。

晚上睡著時，張炎夢見自己飛在花蓮上空，一路青翠的山色，然後再進入市區，看見水泥大樓的屋頂上，禁錮著鯨魚、海豚數隻，牠們被困住在四周都是水泥的世界。張炎接著游入了海水中，潛入水中的速度很快，聽聞著海水聲從她耳邊流過。

醒來之後，覺得有點怪異，為什麼水泥高樓框制住鯨豚，這是不合理的。

張炎問了慧明居士：「師父，為什麼鯨豚會出現在陸地上呢？為什麼被困在人類的水泥牆內呢？」

老居士：「光看這單一事件，我也找不出答案。你先幫鯨豚度化即可，往後或許答案會自然出現。」

沒錯，直到二〇一七年的十一月，張炎踏上廣東珠海，才有機會驗證。原來答案必須親自遇上了，才會懂，才能親身感受到這些鯨豚的悲鳴……。

52◆樂園裡的水族悲歌

二〇一七年張炎到廣東珠海出差，陪同主管到橫琴特區，目的是參加珠海台商協會的周年慶典活動，以及台商大樓的奠基活動。

張炎陪著主管從澳門進入珠海橫琴，這個區域由當地政府規劃為休閒旅遊島和金融島。

在當地負責人員陪同下，到了海洋王國主題樂園。這個主題樂園，二〇一五年的遊客量是二千三百五十八萬，是亞洲最大的海洋公園。

第一站先來到鯨鯊館，數百隻透明的水母，在變化的光線投射下游動，像是舞動的花朵，而頭頂上的透明玻璃，可以清楚看到鯊魚、魟魚種種珍奇魚類在上方游著，這種透明帷幕的設計讓遊客可以一覽無遺的觀賞。據了解，這個鯨鯊館內的魚類就多達兩萬多條。

張炎驚呼：「哇，好壯觀喔！」

接著又參觀海豚灣、瞭望塔等等，匆匆一個小時，快步繞行，原本只是單純的參觀考察，沒想到成為張炎與水族眾生的悲情接觸，也是最難過、最慘痛的一次。考察結束後，張炎返台即出現感冒症狀，整整病了一個星期。

張炎打了電話給鄭太和：「我重感冒，全身發冷，沒辦法到店內工作，一切麻煩你了。」

青鬼赤鬼在旁看著張炎，覺得她很遲鈍，竟然不會聯想到是電影《2012》的珠海版，只會吃藥猛睡。

青鬼：「要不要暗示她一下啊？不要一直睡，要起來念佛度化。」

赤鬼：「我看算了，她身上負載著幾千萬的水族眾生，身體應該非常痛苦，才會一直昏睡，讓她休息吧。有誰像她這般承擔著，多數人都會認為，自己每天念的佛號都不夠用了，怎麼會想要伸出援手呢？」

青鬼：「人類的認知太過膚淺，以為念佛號是數學換算，度化一隻魚要念一百聲佛號，一百隻魚需要一萬聲佛號。殊不知，念佛有不可思議功德，心量有多寬，就有多大的力量，非算數可以計量。」

這一星期來，張炎在昏沉中念佛、練松鶴延年功，做完又繼續睡。反覆幾回後，狀況好些，腦袋才有辦法開機運轉。

張炎心想：「身體一直感覺到疲憊，時常發涼發冷，而且是濕冷，這有點像電影《2012》的症狀。我怎麼現在才想到啊？」

腦袋沉澱之後，張炎一合掌，一一浮現出來的竟是數以萬計的水族類，從鯊魚、海豚、魟魚、水母……到細微蜉蝣生物。原來，是人類的自私把快樂建築在這些魚群的痛苦上。號稱是孩子們的遊樂天堂，卻是水族眾生的地獄。牠們本該活在海中，卻違逆了自然法則，硬生生給搬到陸地活著。

從開幕至今，到底死過、換過了多少蝦蟹魚群？來了多少批的大型魚類明星供人欣賞呢？大家都清楚這個事實，海洋樂園不在海洋，就注定了這些水族生物的悲慘命運。張炎看著一幕幕景象，一大群誤入歧途的水族眾生，從水裡給送到岸上。

「原來，三年前在夢中前往花蓮，看到那些被水泥高樓束縛的鯨魚、海豚，是人們打造的海洋樂園困住了牠們，那裏是牠們的墓園。」

她帶著無比沉重悲傷的心情做度化。一句句佛號化為金光閃閃的千條直線，每道光束都有梵字往上飄，字體有大有小，鯨魚、海豚等水族眾生很快得度，化成金光點點，沿著金色光束一起往上消失。

人類所謂的海洋樂園，就是水族眾生活著的牢籠、死時的墳場，是牠們的地獄，讓牠們永遠都回不到海洋。

第十一話‧失準的眼通

53◆水怪纏身成病因

士東市場附近一家服飾店的老闆娘李月娥生病，她的情況是這樣：八個月前脖子右側腫脹起來，醫院檢查認定是腫瘤，但應該是良性的。然而，一個多月過去，右邊已經腫脹到轉頭都會疼痛，醫生建議先開刀確認病情，再研判是否要做化療。李月娥也找過中醫師，但病情並未好轉，後來找上光明佛教文物店。

由於張炎忙著考試，公司規定經理級以上都得通過內稽內控測驗，她要趕在這個月考過，所以轉給魏子健處理。張炎那時還特別安慰李月娥，魏子健的眼通可以看到ＤＮＡ的旋轉排列，有助於了解身體病變的情況。

李月娥到文物店去找了魏子健，把自己的情況講了一下，說她去了一趟馬祖，回來以後就不舒服。魏子健看過之後，告訴對方：「你這是卡到惡鬼，我幫你處理，應該會有改善。」便拿起他的法器收下惡鬼。

魏子健處理之後，寫了Line訊息給張炎：「我看到李月娥右邊腫脹的部份，黑黑的一團，卡到了惡鬼。去年六月份她與家人一起到馬祖去玩，在機場時就頭痛，有吃消炎藥，七月找中醫針灸後，雖然有消腫，但八月又腫起來，伴隨熬夜跟壓力，時好時壞。我幫她做處理了。」

張炎本來想打個電話給李月娥，表達對她的關心。但遲疑了一下，覺得應該要先做一件事情：親自觀看李月娥的病況，這樣講得會比較具體一點。

張炎一看，發現與事實不符，和魏子健講的內容完全不一樣。她看到李月娥的脖子上有隻水怪，巨型瓢蟲狀，緊緊吸住她脖子，大型水瓢蟲下還有很多隻小水蟲，遠看似黑蟲鑽動在皮肉之間。她除了脖子上的病變之外，也因為擔憂和怨懟，所以右眼處感召著許多冤怨亡魂。

張炎念了綠度母咒回向給她。不過這病已經由表入裡了，雖然現在除去李月娥脖上的巨型瓢蟲，但是身體已經病變的部分還是要交給醫生處理。

由於病人情緒帶著恐慌念頭，她的冤怨之氣感召許多執著冤怨亡魂，清淨之後又會被怨念召喚來。所以該做的是鼓勵病人，心先安定下來，至少要讓病情單純化，避免橫生枝節，引發更多的狀況。

張炎發現魏子健的處理態度有點敷衍、被動，他經常說讓現象自己浮現，這樣比較不會耗費心神。但張炎覺得，日常不重要的事情或許可以這樣做，但對於他人的病痛，張炎會採取「細心辦案」的方式，畢竟這個店是有收費的，要對客人交代清楚。

另外從實務面來看，輕輕一眼帶過的瀏覽方式，可能會發生障蔽的現象，也就是鬼祟不想讓人看清楚，會釋出一些黑氣或薄霧遮蔽，這時要念佛號清掉外層的掩飾，才能看到裡面。

張炎打電話給魏子健：「你今天處理李月娥的事，我後來也觀看了，不是惡鬼，是水怪，有吸盤的那種，而形狀像巨型瓢蟲的水怪，牠身上有根管子刺入她脖子。底下還有數不清的小水蟲。」

魏子健定神一觀：「對不起，你是對的。我看到那團黑黑的東西不是惡鬼，看到的是水怪身上的紋路。你要跟李月娥更正嗎？告訴她不是惡鬼，是水怪？」

張炎：「不用了，她都這麼緊張，如果跟她講，脖子上有水怪吸附、底下還有數不清的小水蟲，對她病情能有什麼幫助呢？」

張炎本來想對魏子健說重話，覺得他完全沒有站在病人的立場去設想，因為這是癌症病患，應該要帶給對方安心，但又不想和他為此事爭吵，尊重他是大師兄。

張炎嘆口氣：「奇怪，魏子健最近有什麼問題嗎？水怪看成惡鬼，完全是不一樣的眾生，怎麼會看錯？是他漫不經心，處理事情欠缺細緻度？還是過度消耗能量嗎？什麼原因消耗能量？」

張炎想不出個結論，決定還是先去看書，通過這輪金融考試後再說了。

54◆承擔過多失眼通

店裡響起電話，鄭太和接了電話：「子健，警察阿忠打電話來。」

阿忠：「我學弟的爸爸跌到，送到醫院沒有呼吸，請你幫他做加持。」

魏子健：「好，我現在來念佛回向。」

十分鐘後，阿忠打電話來，說學弟的爸爸搶救無效已經走了。從事情發生到結束，不到三十五分鐘。

魏子健：「你人在醫院嗎？」

阿忠：「對，我也在醫院，學弟就在我旁邊。」

魏子健請阿忠把手機放在學弟爸爸耳邊，念佛號送他一程。

魏子健輕聲地開示：「請您聽我的聲音，唸阿彌陀佛……」魏子健輕輕柔柔的說，然後唸七遍南無阿彌陀佛，很小聲的唸。

為什麼要小聲唸？慧明居士講過，臨終的人「四大」開始解離，平常講話的聲音對他們來說簡直震耳欲聾。所謂「四大」就是地、水、火、風。佛法講，世間上無論什麼東西，都是地、水、火、風等四種因緣所組成。在臨終之人耳畔輕語，一句佛號入耳，都有功德力存在。

晚上魏子健跟張炎提到今天處理的這個案例，說他已經完成度化，阿忠學弟的父親已經登上蓮台離開。

張炎聽完魏子健敘述後，對處理結果有不同看法：「他沒有上去啊，靈魂又回到家人身邊了，你沒發現嗎？之前師父就說過，百日之後再來超度會比較理想，因為家屬慢慢能接受這個事實，亡者比較不會被家屬的思念引動，導致明明度化上去了，又給哭回來。」魏子健點點頭，表示會再注意。

店裡面進來一位客人，他說去日本旅遊住在大阪的飯店時，清晨朦朧間看到一個戴著帽子的男性黑影，心裡很害怕，但又不敢說給導遊聽，怕驚動全團，掃了大家興致。等他回台之後，趕快來文物店收驚處理。

魏子健：「對，是一個男性，短髮、微胖、穿著黑色的道袍……，我來處理。」處理完後，客人滿心歡喜離開。

張炎：「子健，我看到的不是這樣，是一位穿白袍的修行者，頭髮紮起來，戴著斗笠，乾乾瘦瘦的。」

魏子健：「對啦，度化完他就變成穿白色的，抱歉我沒說清楚。」

張炎：「子健，你被蓋台了嗎？李月娥脖子上面是水怪，你看成是惡鬼。蔡老兒子的牙醫診所，那隻白色紅龍轉為白龍，不是白鬍子老公公。黑的白的、胖的瘦的，你分不清楚嗎？有沒有度上去，你不知道嗎？」

魏子健沉默一陣，然後告訴張炎：「我以為我可以自己修補，不想讓你知道。」

張炎：「多久了？多嚴重？」

魏子健：「大概快兩個月了，白天通常狀況還好，但是到了晚上，身體消耗比較多就看不清楚了，什麼都灰濛濛的。原本想說這不影響，只要我的證量在，就算看不見還是可以度化，但還是被你發現了。」

張炎：「有沒有看見，都可以度化，這句話是成立的；但你原本看得見，卻轉為看不見，就表示你身體受損了。」

魏子健：「我處理這麼久了，有自己的流程，可以的。」

張炎口氣轉為嚴肅：「雖然客人也搞不清楚到底有沒有度化順利，但我的原則就是不可以對客人說謊、打馬虎眼。」

魏子健：「對不起，我真的不是故意的。我和阿菲交往之後，最近有一點狀況，因為她提到之前靈修的現象，我想幫她導正過來，但好像整個人就被吞噬了，已經超出自己的能力。」

張炎：「你為什麼不早說？我們可以一起處理。」

魏子健：「我以為事情很單純，以為她只是跑跑靈山、上靈修課，但不是。」

張炎：「你現在叫阿菲過來，同時告訴我發生什麼事情。」

55◆修法貪多的後遺症

兩個月前，魏子健和林芳菲兩人有意正式交往，開始交代彼此的過往經歷。魏子健講述他那段婚姻往事，還有目前兩個小孩的情況。林芳菲說了自己的家庭背景、還有那隻神獸的來處。

魏子健：「我一直要問你，你那隻被我收走的神獸是哪裡來的啊？」

林芳菲：「花錢買的啊。我之前有參加靈修班，上了兩年多。一開始只是靜坐放鬆，有一天講師跟我說，我既然是在做芳療，可以再進階提升，只要我願意多繳些費用，參加最高級班，就會分配給每個學員天使靈，學一些天使靈氣、能量療法。」

魏子健笑個不停：「別人分到天使靈，你是分到神獸嗎？」

林芳菲：「討厭耶，你笑什麼？講師說會依據每個人特質和緣分找到不同的天使靈。可能我繳的錢不夠多，所以才分配到神獸，說等我進階了可以有更多的守護靈。我想說算了，神獸就神獸，之後改去學宇宙光靈氣、十二脈輪靈療，聽說可以快速開啟自己和宇宙能量的連結，自我提升之後，可以成為太陽系靈療師，牠就是宇宙超級神獸。」

魏子健：「那意思是還有銀河系靈療師囉？你到底學了多少東西啊？」

林芳菲：「你到底要不要聽啊？不是說要坦誠相告嗎？我也有去印度學奧修、克里希那穆提各種進修班，也去了不丹、尼泊爾參加一些佛教和冥想課程。反正就一直上、一直上，就是想去提升靈能。」

魏子健：「所以你現在是大師中的大師囉？學這麼多？」

林芳菲：「才沒有，覺得自己像白癡一樣。到國外去上課，語言不通，不知所云。」

魏子健：「我很好奇，你如何操控神獸？怎麼幫客人靈療？」

林芳菲：「平常我不會叫喚神獸，如果客人預約要處理事情，我會事先請牠出來，之後會有一種感覺，自己和牠連線，那時腹部會有脹脹的感覺、左耳也會有耳鳴，之後會產生一種預知力。其實我不確定我回覆客人的話是否正確，但客人都說很準、很有幫助。等神獸離開的時候，我整個背脊會發涼，全身僵硬。」

林芳菲一邊敘述，魏子健一邊感覺到一些不好的東西出現，有黑黑的絲線在林芳菲背後。

魏子健：「你這樣到處學、四處拜師印心，未必是好。你應該要專一學習、一門深入才能有所體會。你想想看，身上同時具有少林寺、武當、峨嵋、青城、古墓派的內功在身上，必須融合或卸除，否則多多少少就會相互干擾。萬一當中有一個是邪門歪道，你有能力判斷嗎？我剛才就看到你整條脊椎都是黑線，像是被人操控或設定。」

林芳菲：「怎麼會這樣？我只是花錢上課而已，怎麼會？」

魏子健：「因為你貪多啊！」

林芳菲：「我想成功，不對嗎？我要當靈療師，就是要去上課啊！」

魏子健：「你當靈療師的初衷是什麼？」

林芳菲：「當然是賺錢啊！我的芳療課程，兩千元可以變成五千元啊。」

魏子健：「你可不可以不要這麼愛錢，如果你的靈修目的是為了賺錢，你要付出代價。」

林芳菲：「我愛賺錢有什麼不對嘛！沒有錢，活得多麼委屈啊！你不是也經常想送禮物給你的兩個小孩嗎？不都是要錢？」

對於金錢和修行觀，兩個人經常意見不合。林芳菲覺得成功是掌握在自己手裡，覺得魏子健不懂得善用眼通幫自己創造優勢，只知道考公務人員。魏子健覺得，每個人對成功的定義不同，賺錢不代表成功，眼通是因為慧明居士的教導下開發出來的能力，是給他另一扇窗來看世界、幫助眾生，不是夾雜那麼多的營利考慮。

經過幾次折衝，最後魏子健向林芳菲提出一個要求：放掉以前所學，一切歸零，包括清除林芳菲身上不好的東西。

只是魏子健想得太簡單，以為林芳菲只是去參加一些靈修課，身上依附的頂多是一些精怪、外星靈等等，應該在能力範圍內，結果自己倒賠進去，成了眼通漸失的關鍵。

56◆法性衝突難消融

魏子健向張炎坦承兩個月來眼通逐漸失準的因由，經過一個多小時，林芳菲已經來到店裡面，她看到張炎板著臉，完全沒有笑容，感覺事情應該很嚴重吧！

魏子健對林芳菲說：「張炎已經知道我眼睛看不清楚的事了！」

林芳菲：「對不起，沒想到因為我的事情，讓子健付出這麼大的代價，也影響到經營，現在該怎麼辦呢？」

張炎：「子健必須休息，眼睛不能再消耗，這段時間我先找蔡老幫忙看看。」

張炎思索著問題，然後對林芳菲說：「我還是了解一下你現在的狀況，如果還剩下一點殘存現象，我現在就直接清淨。」

張炎合掌，閉眼感測，全身非常不舒服，刺刺麻麻的感受，之後浮現出一條條黑色細線密布在林芳菲脊椎上，張炎發現這根本是硬打入體內的法脈現象，至於外面有一些虛浮的線條，比較像是靈修殘留的訊息狀況。

張炎：「你給誰灌頂過？有誰傳授你修密法？」

林芳菲：「一個很有名的仁波切，他說可以除業障，免除鬼神、瘟疫、妖魔的迫害，消除六百萬種疾病，灌頂大概二、三十次。因為灌頂之後我也沒有什麼神通，照樣會生病，也缺錢，覺得沒有用，改走西方靈療。你怎麼看出？」

張炎：「因為鄭太和有修過兩、三種密法，他找我看過，所以有點似曾相似的感覺。」

魏子健：「你修密的部分，為什麼沒有跟我說？」

林芳菲：「因為是大師級的灌頂啊，我想應該沒有問題，所以沒說。」

魏子健：「你接受灌頂承接法脈，你不好好修，心心念念都是想賺錢，還去參加各種靈修、買神獸。我已經跟你說過，神通不是學佛的目的，接受灌頂卻不修，還一直往外求，上師的護法必然會教訓你。」

林芳菲：「那為什麼鄭太和就可以沒事？」

張炎：「鄭太和有做功課，他會禮佛、念佛，慢慢地把不好的法性解離，而且他又不求富貴賺大錢，念頭比較清淨。你又沒有做功課，怎麼比？」

三人討論一番後，林芳菲背後的黑線是密法、靈修、各種法脈交互衝擊、排斥所造成的變形現象，也就是貪法後遺症，魏子健因為關心而處理，便概括承受所有的傷害。

魏子健：「我想應該是這樣吧，我成了資源回收場。」

張炎：「那也要看你回收之後能不能再利用？就怕這些傷害到你，在身上產生病變。你得閉關，迅速把這些負能量排出。」

林芳菲：「那我身上這麼多的東西該怎麼辦？我會死嗎？」

張炎：「你們通通去閉關，好好調養休息。」

魏子健：「你是要我回家休養，還是在店裡工作？但是聊齋館不開業、不處理問題？我會沒有收入。」

張炎：「我說了，會找蔡老商量看看，看他可不可以來店裡支援。如果他可以抽出幾天來店，你的工作天數就可以減少。如果他不能幫忙，聊齋館就準備停業一段時間。」

魏子健：「你這樣講我會很難過。」

張炎：「難過？那就趕快把身體修復好！」

魏子健和林芳菲兩個人看著彼此，知道這次是個很大的關卡，更有落難鴛鴦的心情，兩個人想著該怎麼重新調整身體，早點恢復健康。

第十二話・

大樹傾倒　同門各自行

57◆主管過世失倚靠

魏子健眼通失靈，需要休養，造成文物店經營危機。幸好蔡老同意來幫忙，老人家有所發揮，也緩解了危機。沒想到考驗不只這一樁，張炎完全沒有想到，欣賞他、照顧他的部門主管突然病故，原本有大樹可以乘涼，有巨人的肩膀可以登高望遠，都在一夕之間崩解！

那天是主管的壽宴，上完最後一道菜，準備切生日蛋糕，就在那時主管從座位站起來，張炎以為他是要上洗手間，但他站起來的瞬間就倒下了。張炎撥打一一九，勤務中心要他先做CPR，第一輪連按五下，第二輪有了呼吸，但是主管沒有恢復意識。後來醫護人員已經來到現場，量了脈博、測血壓，然後就送到醫院急診室去。張炎搭另一部車前往醫院，眾人都在急診室等候，醫生告知由於到院已經沒有呼吸、心跳，家屬決定接上葉克膜並開刀搶救。

由於手術時間至少需要七小時，在等候期間，張炎突然看到主管靈魂飄出，心裡一沉，有不好的預感。

「糟了，靈魂出竅了，要想辦法回去身體，否則情況不妙！」

張炎發訊息給魏子健，請他幫忙念佛回向。張炎回到家裡已經凌晨兩點，她一直念佛回向給主管，祈願能夠平安無事。第二天早上八點多，張炎又趕回醫院，手術順利完成，但主管始終沒有清醒，許多人打電話詢問情況。

魏子健安慰張炎：「我有持續觀察，他的狀況有改善喔，全身散發著金光！」張炎高興了一下，但她忘了一件事情，魏子健的眼通處在失靈的狀態。

主管一直沒有醒來，昏迷指數一直在三、四之間。第三天下午，醫師告知主管的部分身體器官已衰竭，要有心理準備。張炎忍著悲傷接受事實，院方與家屬訂下拔管時間後，張炎這時明白，和主管分別的那一刻終於來臨。

這時，張炎撥電話，再問一次魏子健：「我主管情形怎麼樣？」

魏子健回答：「他的狀況非常好啊！應該很快就可以醒來。」

聽到這個答案，張炎內心很清楚，魏子健根本看不準，短期間內沒辦法修復，沒有辦法再勝任天母聊齋館的工作了。

58◆貢高我慢現原形

之後整整兩星期，張炎都沒有進文物店，讓員工自行去處理。她忙著幫家屬處理告別式和相關後事，每天都在加班。

鄭太和有時會打電話來：「老闆，子健又在鬧脾氣了，吵著要離職……。今天蔡老看不慣子健的上班態度，講他幾句。子健不高興說大不了不做了。你什麼時候可以忙完呢？」

張炎：「還在忙啊，既要幫家屬，又有銀行工作，實在沒法到店裡面。你覺得問題在哪裡呢？」

鄭太和：「以前，聊齋館都靠子健處理客人的問題。現在有了蔡老，比較親切，又有過來人的經驗，來店裡聊天的人變多，生意也不錯。子健不擅長人際關係，感覺他被比下去。可能就是這樣，有點自暴自棄，上班遲到早退。」

張炎：「與其遲到早退，不如讓子健回家休息，好好閉關修補身體，你看呢？」

鄭太和：「這樣不太好啦，子健就是覺得自己沒有角色了，才會有這些舉動，你讓他回家去，他不就更生氣。」

張炎：「沒有健康的身體，還能做什麼？逞強什麼？此時不妨回家好好唸書啊，一直都說要考高普考。」

鄭太和：「你認為他是真的想考嗎？他已經考三年了，他是做給家人看的吧？」

張炎沒答話，因為鄭太和講到重點了，這十幾年來魏子健都在準備考試，一下子法警、一下子水公司，一下子又是郵局，現在是高普考。他根本不是真的想考試，而是逃避。

鄭太和：「老闆，你早點回來啦。這個店需要你啦！」

張炎無奈地掛上電話。魏子健似乎是反社會人格，都四十多歲了還在考試，每次應徵到新工作時，都興奮地說這份工作前景很好，隔段時間又說理念不合離職了。

張炎想起幾年前，慧明師父提醒過：「如果魏子健到四十歲都還沒有正常工作，你就準備收拾他的爛攤子。」那時以為魏子健不可能淪落到這個地步，所以只是聽過去，沒想到這事情真的發生了。

59◆理念不同各自行

這一個月來，張炎陸陸續續從客人口中聽到魏子健和蔡老相處不和的消息。因為魏子健會說蔡老的壞話，說他出身澎湖法師長，心術不正，年輕時危害過很多人，在澎湖待不下去才來台北依靠兒子等等。蔡老氣得要命，但又沒法一一解釋。終於有一天，張炎突然出現在店裡面，先找魏子健私下說話。

張炎：「你身體修復得如何呢？」

魏子健：「漸漸復元了，大概再一個月應該可以回補好，可以正常上班了。」

張炎：「你要不要考慮，在家休養會復原得比較快，這裡雜事多，還要承擔客人的一些現象，拖累到你。」

魏子健口氣突然大變：「你其實是要我走路，是嗎？是蔡老慫恿你這麼做的吧！」

張炎：「我有這樣說嗎？我如果要你走，會直接跟你講清楚。我是問你有沒有需要在家休養，不需要對我扣上一頂大帽子。」

魏子健：「你這個店、阿菲的店，都是靠我撐起來的，沒有我，你根本做不起來。」

張炎：「是啊，我是靠你撐起來，我很感謝你。光我一個人，是沒有辦法做到的。」

魏子健：「你有感謝我嗎？你一直在利用我，我早就知道你的目的。你要我的眼通幫你做事賺錢！」

這時候鄭太和插話進來：「師兄，你以為開個佛教文物店可以賺多少錢？你也不要覺得有眼通很厲害，很多人寧可等到晚上來找張炎，就是不找你，因為你對人沒有同理心。」

魏子健：「我因為消耗過度，你們就請蔡老來頂替我，他是什麼東西？明明就是乩童嘛，這是劣幣驅逐良幣，對我太不尊重。我是師父的頭號弟子，大家都尊稱我大師兄，我用我的功德力在撐這個店。你現在認為我沒有用處了，一腳把我踢開。沒關係，我可以在阿菲的芳療店開創我自己的事業。」

蔡老回應：「我要鄭重地糾正你，我是法師長，不是乩童！還有，不只是客人不找你，那些亡魂精怪、鬼妖眾生也不想找你超度，你自己回想，天母聊齋館的案子，都是來自張炎的因緣，店裡的護法都是跟著張炎的，因為你這個人沒有感同身受的同理心。」

魏子健：「你這個臭乩童，少來倚老賣老！」

整個店裡吵成一團，你來往我互相攻擊，只見魏子健成為眾矢之的，讓他更加惱怒，失去理智，彷彿堆積在心裡的怨氣像火山一樣暴衝出來。

張炎：「當初我找你一起開店，說好一起傳承師父的理念和功法，你忘了嗎？為什麼你忘了初心，說是我利用你。你以為用眼通可以賺錢？這種錢很難賺，責任很重大，你自己當了老闆就知道。」

魏子健找不出反駁的理由，不爽地走了。張炎一臉無奈狀，蔡老、鄭太和安慰她，趕快打起精神來別多想。

張炎難過地說：「唉，我已經累了，其實這個店我不想經營了。我的銀行工作有很大的變化，恐怕分身乏術。」

鄭太和：「我知道你很累，但你都已經努力撐過這兩年了，放掉真的很可惜。而且有蔡老在，我覺得他做得都比子健好，態度也比較和藹可親，這個店不要放掉啦。」

張炎：「自從我主管過世以後，我一直在思考，這個店要不要繼續下去。我不是在講假的，真是要富貴靠人幫了！我的銀行工作從大陸事務換到國際業務，我英文早就忘光光了，而且新的主管經常找我麻煩，有偷窺習性。你知道嗎？我第一次觀察到，他脖子旁邊竟然還分岔出一顆小頭，脖子可以伸得很長，小頭臉上有一顆眼睛，一直往我這裡看，這種人身心早就扭曲了。這樣的上班氛圍，真令我不舒服。」

蔡老、鄭太和兩人聽了詫異不已，原來張炎工作出現這麼大的轉折，這還真是個大問題。

鄭太和：「你再想想看啦，我很希望店能繼續開下去，在這裡我很快樂。而且看到一個前來求助的人，更是提醒我要知足常樂、放下執著。」

蔡老：「是啊，本來我很高興，我對你的店有幫助，沒想到卻短短幾個月的緣分而已。你如果收起來，害我以後沒地方可以去。」

張炎：「是否考慮先休息一個月呢？」

鄭太和：「我們改一下營業時間就好，不要停業。一星期工作四天，休三天啊！你自己最近先休息一下啦。」

張炎：「好吧，星期六、日是一定會營業，其他時段你們訂。大家都有年齡了，別太累。」

60◆文物店新氣象

一個月後，有客人、師兄姊陸續接到魏子健發的訊息：「天母聊齋館在心悅ＳＰＡ芳療店重新開幕，歡迎前往蒞臨指教！」、「每周三晚上九點ＦＢ直播，隨時指教、立即回應！」

鄭太和打電話通知張炎：「魏子健真的很敢耶，竟然說『天母聊齋館重新開幕』，把我們的招牌拿去掛。」

張炎：「天母聊齋館這個招牌很重要嗎？那不過是大家閒聊時候戲稱，他需要就拿去吧。如果師父的理念可以發揚光大，我還是會支持他；如果他做不到，胡說八道亂搞，自己會嘗到苦頭。」

這陣子很多人來電詢問，是不是佛教文物店搬家了？換人營業了？還是分家了等等，張炎等人都對外宣稱：「他和女友一起創業！」

光明佛教文物店改變了營業時間，只做下午、晚上的生意。剛好一位師姊呂鳳珠想賣早餐，店門口讓她設攤賣素食早餐，有飯糰、饅頭。店內留個空間讓她放些備料，便宜收個租。鳳珠也會做些飯菜或點心，留在店內和大家分享。鄭太和和蔡老一起顧店、喝茶，一副很愜意的樣子。

蔡老：「我覺得好滿足喔，每天都可以這樣泡茶。」

鄭太和：「對啊，有人付錢請我顧店喝茶，真好！」

鳳珠帶著她的女兒琪琪來店裡面，拿著用氣炸鍋做的起司蛋糕和兩老分享。然後把女兒留在店裡，騎車去買點東西。

鄭太和：「我們這個店，還有托兒的功能耶！」

蔡老：「以和為貴，給人方便啊！」

沒多久，出現另一位老爺爺，兩人立刻肅然起敬。

「班長好！」他是張炎的爸爸，是最年長的，因為張爸爸在附近的長青大學上了很久的課，人緣很好，一直被推出來當班長服務大家，所以大家都叫他張班長。張爸爸閒著沒事也來店裡面巡巡看看，之前因為和魏子健沒話聊，去了幾次沒意思就不去了。現在文物店有鄭太和、蔡老、張爸爸，都是有歲數的老爺爺，故稱此處是「老爺俱樂部」。

鄭太和：「班長，來吃蛋糕喔！」

這個文物店在蔡老、鄭太和的經營下，賣什麼似乎已經不是重點，反而成了聊天中心。但張炎也不在意，不想給太多約束，只要老人家開心就好。尤其現在她爸爸也經常出現在老爺俱樂部裡。

晚上下班，張炎趕到店裡，只見店裡面擠了六、七個老人，還有三個小孩，雖然有點擁擠，但她覺得頂好的，就是要有人氣、要熱鬧。小朋友和阿公、阿嬤會相約在文物店等候。鄭太和向張炎簡述一下今天白天的情形，還有晚上預約會過來的客人。

晚上七點一到，張炎一聲令下：「你們吃完點心，通通去量血壓！」

只見老先生、老太太乖乖聽話，一個個接續量血壓、登記。張炎總不忘叮嚀老人家們注意血壓，特別是天冷的時候，她都會提醒注意頭部保暖。說來這個店真的很奇怪，還要老闆提醒員工、客人去量血壓、注意身體。

張炎：「等一下王太太要過來，她有說是什麼事情嗎？」

鄭太和：「有，她說謝謝你幫她介紹你們銀行房貸部門的彭經理，因為利率比較便宜，幫她省了錢，說要拿點心請你。還有，她去參加公祭不舒服，要找你處理，其他沒有什麼重大事情。等一下晚上九點如果沒事，我們來看魏子健的FB直播。」

張炎：「直播？是要講經說法？還是什麼？」

鄭太和：「不知道耶，看了才知道。」

九點一到，大家盯著直播節目，差點跌破大家眼鏡，只見魏子健叫賣著水晶：「白水晶手珠，A級的，一千元一條，可以淨化磁場、減少干擾，它的能量可使人頭腦清晰，神清氣爽，上班族放在電腦旁可以減少電磁波輻射，還可以防小人。只要購滿兩千元可以免費幫忙收驚、消災解厄，附送平安車掛；滿五千可以開氣脈，送紅石榴手珠，滿一萬可以幫忙超度祖先，或幫客人處理一件事情。」接著看到林芳菲出現，現場當起麻豆，戴起漂亮的水晶項鍊，還挺上相的。

蔡老笑著說：「我們也來開直播，我賣我年輕時代的照片，一百元起標。」

鄭太和哈哈大笑：「我們不用靠直播賺錢啦，我們平常心經營，賺的是健康和幸福！不過魏子健這樣搞下去，恐怕不僅沒有時間修復，還會越掉越深。」

張炎：「對，我們有自己的客群，顧好自己的店就好，他們怎麼經營與我們無關了。鄭伯，請把ＦＢ關掉啦，祝福他們就好。」

鄭太和：「老闆，我們的店其實也做得挺有名氣了，你們老闆或什麼高階主管會不會哪天也來我們店裡啊？你幫他們處理解決問題後，就加薪、升等。」

張炎：「你是在幻想啊！不可能，老闆好像是基督徒，不會來這裡啦！還有，最好不要有主管來這裡，以免解釋不清。」

突然店門口開啟，是張炎的日本好友三島走進來，後面竟是「曹操」！因為說曹操，曹操就到。

三島：「老闆，你猜我帶誰來了！」

張炎嚇得站起來，罵著：「你怎麼不早說啊！啊，董事長好！」

只見富貴銀行老闆走進來：「我做夢，夢見我爸，他要我來找你！」

張炎點點頭：「你爸爸已經找過我了。」

這個場景充滿著有趣的氣氛，文物店老闆看著銀行老闆，四目相接。幾秒後，張炎遞上自己的名片。

「我叫張炎，白天我歸你管，晚上我是光明佛教文物店的老闆，請多多指教！」

人生顧問 0398

天母聊齋館

作　　者—賀逸娟
主　　編—林菁菁
企劃主任—葉蘭芳
封面設計—江孟達
內頁設計—李宜芝

董 事 長—趙政岷
出 版 者—時報文化出版企業股份有限公司
108019 台北市和平西路三段 240 號 3 樓
發行專線—(02)2306-6842
讀者服務專線—0800-231-705・(02)2304-7103
讀者服務傳真—(02)2304-6858
郵撥—19344724 時報文化出版公司
信箱—10899 臺北華江橋郵局第 99 信箱
時報悅讀網—http://www.readingtimes.com.tw
法律顧問—理律法律事務所 陳長文律師、李念祖律師
印　　刷—勁達印刷有限公司
初版一刷—二〇二〇年八月七日
初版三刷—二〇二〇年十月八日
定　　價—新臺幣三二〇元

時報文化出版公司成立於一九七五年，
並於一九九九年股票上櫃公開發行，於二〇〇八年脫離中時集團非屬旺中，
以「尊重智慧與創意的文化事業」爲信念。

天母聊齋館 / 賀逸娟著 . -- 初版 . -- 臺北市 : 時報文化 , 2020.08
面；　公分
ISBN 978-957-13-8272-2(平裝)
863.57　　109008870

ISBN 978-957-13-8272-2
Printed in Taiwan